동화의 마술사 나영

?

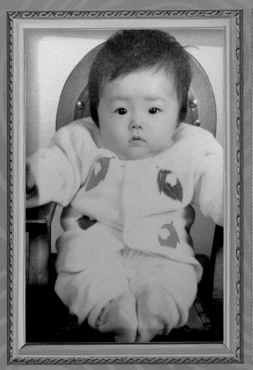

벡일사진

초등학교 때

?

대학 졸업

『서울신문』 신춘문예 시상식(2010)

『서울신문』 신춘문예 시상식_당선자, 심사위원 선생님들과(2010)

『아동문학세상』 신인문학상 시상식에서 부모님과

HOME > 보도 > 보도

서울신문 신춘문예 동화부분 당선 이나영(문예창작·00졸) 동문

👤 김유진 기자　│　🕐 승인 2010.04.07 18:56　│　🖨 호수 1272　│　💬 댓글 0

> 웃음이 아름다운 것은 눈물이 있기 때문

왕위 뺏긴 햇살 왕자, 사랑·용서로 운명을 받아들였지요

🅐 이주일의 어린이 책

햇살 왕자

나영 지음/이명선 그림
청개구리/136쪽/1만원

수양대군이 조카 단종을 몰아내고 왕위를 찬탈한 역사적 사실을 사랑과 용서의 관점에서 재해석했다. 역사적 배경은 당시를 재현하고 있지만 단종을 '햇살 왕자'로, 수양대군을 '성 숙부'로, 김종서를 '한신 대감'으로 허구화함으로써 독특한 단종 이야기를 엮어냈다. 작가는 "역사를 통해 지금껏 알아오던 이야기에서 벗어나 새롭게 써보고 싶었다"며 "순수하고 아름다운 눈으로 세상을 바라보는 그 영혼의 모습을 보여주고 싶었다"고 말했다.

어린 왕의 내면에 초점을 맞춰 이야기를 끌고 나가는 게 특징이다. 어린 나이에 왕이 돼 권력을 가질 수 없었고 천하를 호령하는 숙부와 신하들의 틈바구니에서 좌절과 고뇌를 겪어야 했던 어린 왕의 심리를 섬밀하게 포착했다. "나이 든 신하들과 어린 왕! 많은 것을 알고 있는 그들과 겨우 알아가기 시작하는 나! 그러나 그들은 나를 왕으로 모셔야 하고 나는 그들을 아끌어야 한다. 언제쯤이면 그렇게 될 수 있을까?"(19쪽)

작가는 이런 어린 왕의 내면 묘사를 통해 반역에 희생당한 나약한 군왕이 아니라 자신의 운명을 받아들임으로써 누구보다 당당하고 정의로운 군왕의 모습을 그려냈다. 작품 속 어린 왕은 어린이들에게 진정으로 가치 있는 삶이란 무엇인지, 사랑과 용서의 진정한 의미는 무엇인지, 정의롭지 못한 것이 세상을 얼마나 아프게 하는지에 대해 되새겨보게 한다. 2010년 서울신문 신춘문예로 등단한 작가의 첫 장편동화다. 초등 고학년.

김승훈 기자 hunnam@seoul.co.kr

『단대신문』과『서울신문』기사

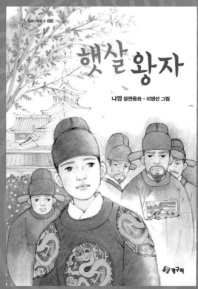

동화작가 나영 대표 저서

?

누구 시리즈 ㉙

문학적 초상화 프로젝트
2024년 <누구?!시리즈10>을 발간하며

궁금증이 감탄으로 변하게 하는 이야기를 담은 작은 인문학도서 <누구?!시리즈>를 기획하게 되었다. 인문학이란 사람의 이야기를 기본으로 하는데 그 삶에서 장애는 비장애인들이 경험하지 못한 특별한 이야기여서 사람들에게 감동을 준다.

특히 장애인예술은 장애예술인의 삶 속에서 녹아 나온 창작이라서 장애예술인 이야기를 책으로 만드는 <누구?!시리즈>는 꼭 필요한 작업이다. 이 책은 장애예술인의 활동을 알리는 소중한 자료가 될 것이기에 <누구?!시리즈> 100권 발간 목표를 세웠다. 의문과 감탄을 동시에 나타내는 기호 인테러뱅(interrobang)이 <누구?!시리즈>를 통해 새로운 감성으로 확산될 것으로 믿는다.

<누구?!시리즈 100>이 완간되면 한국을 빛내는 장애예술인 100인이 탄생하여 장애인예술의 진가를 인정받게 될 것이며, 100인의 장애예술인을 해외에 소개하면 한국장애인예술의 우수성이 K-컬처의 새로운 화두가 될 것이다.

_ (사)한국장애예술인협회 회장 방귀희

동화의 마술사 나영 - **누구 시리즈 29**
나영 지음

초판1쇄 발행 2024년 11월 1일

지은이 나 영
펴낸이 방귀희
펴낸곳 도서출판 솟대
등 록 1991년 4월 29일
주 소 서울시 금천구 서부샛길 606, 대성지식산업센터 B동 2506-2호
전 화 02)861-8848
팩 스 02)861-8849
홈주소 www.emiji.net
이메일 klah1990@daum.net

값 12,000원

ISBN 979-11-985730-4-9 03810

주최  사॥한국장애예술인협회

후원 문화체육관광부   한국장애인문화예술원
Korea Disability Arts & Culture Center

누구 시리즈
29

동화의 마술사
나영

나영 지음

풍요와 가난 속에서 상상의 나라를 세우다

도서출판
솟대

나를 돌아보며…

　나를 돌아보는 시간을 갖는다는 것은 쉬운 일이 아닌 것 같다. 사실 나이도 그렇게 많지 않고, 적지도 않은 좀 어중간한 나이에 이런 시간을 갖기란 어려운 일인 것 같은데, 이런 기회가 자꾸 찾아오는 것을 보면, 내가 이제 나이가 어느 정도 들었나 보다 하는 생각과 더불어 지나온 시간들을 돌아보며 복기하면서, 여기서 멈추라는 의미보다 정리하며 더 앞으로 나아가라는 뜻으로 새기며 이 글을 시작하려고 한다.

　몇 해 전, 출간한 장편동화 「달리다 쿰」도 내용 대부분이 자전적 이야기로 이루어진 동화였다. 그 글 또한, 내 계획에 없었고 나를 인도해 주시는 선생님께서 '이제 너의 이야기를 써 보렴.'이라고 권해 주셨고, 작가란 자신의 이야기를 녹여 낼 수밖에 없는 직업이기 때문에 이때를 위함이라는 생각으로 창작을 해 나갔다.

　사실, 내 이야기를 한다는 건, 상당히 조심스럽고 때론 부끄러운 일이기도 한 듯하다. 나를 그대로 보여 줘야 하고, 드러내야 하며, 과장되지도 않아야 하기 때문이다. 그리고 나의 이야기지만, 이 이야기를 통해 나와 같은 아픔을 가진 이들에게 상처가 되지 않기를 바라는 마음이 정말 많이 컸다. 참으로 조심스러웠다. 그렇기에 나의 이야기를 중심으로 한 것이지만, 그 토대로 문학적 요소를 최대한 살려 쓰려고 노력했다.

작품에서는 희망과 용기를 주제로 썼다면, 이번 글은 한 발 더 나아가 나의 삶의 진실한 이야기를 담아 보려고 한다. 긴 삶은 아니지만, 매 순간 최선을 다했고 그 순간순간 느끼고 깨달은 것들… 그리고 그때마다 곁을 지켜 주었던 소중한 사람들… 그리고 내 노력의 성과들을 넘어서 아직 남은 꿈들도 함께 나누어 보려고 한다.

동화작가가 되어, 동화를 쓰며 살아가는 일은 생각처럼 아름답고, 환상적이지만은 않지만 매번 느끼는 것은 동화를 쓰면서 더욱 내 삶이 동화처럼 물들어 가고 있음에 감사해한다. 나의 가장 큰 축복이라 생각한다.

아름다운 것은, 자세히 바라보면 아프고, 쓰라리고, 잔인하기까지 한 시간을 견뎌 내야 만날 수 있는 것이리라.

이제 그 이야기를 풀어 보려고 한다. 이 글을 통해 나라는 사람을 알리는 기회도 감사하게 생각하지만, 많은 이들에게 공감을 얻으며 위로와 힘이 되는 글이 되길 바란다.

2024년
문득 나를 돌아본 어느 날
동화작가 나영

차례

작가의 이름, 신춘문예

...

신춘문예 당선 통보를 받던 날! 그날의 모든 순간을 기억한다.
내 나이 서른이었다. 2009년 12월 17일, 오후 다섯 시! 하루가
거의 지나갈 무렵, 혼자 집에 있던 시간에 내 안에서 갑자기 나도
모르게 찬양이 울려 퍼지기 시작했다. 그 음율 속에 나는 홀로 그
안에 들어가 심히 동요되고 있었다. 가사는 이런 내용이었다.

'고아처럼 너희를 버려두지 않으리.'

알 수 없는 소용돌이가 몰아치고, 바로 지나간 그 순간, 내 가
슴이 완전히 진정되기도 전에 핸드폰이 울렸다. 모르는 번호, 하
지만 받아야만 할 것 같은 느낌이 들었다.

'서울신문 신춘문예에 응모하셨죠?'

떨리는 음성으로 대답한 내게 곧이어 돌아오는 음성은 바로 이
것이었다.

'축하드려요. 당선작으로 뽑히셨어요. 심사위원 선생님과 통화

하세요.'

나는 처음엔 배달 문제가 생겨서 우체국에서 연락이 온 건 아닐까 순간 생각하다가, 순식간에 당선 통보를 받게 된 것이다. 참으로 어리둥절하고 정신이 하나도 없었다. 혼미한 상태로 통화를 마쳤다. 그 속에서도 내 목소리에 조금 놀라시는 심사위원 선생님의 반응은 기억한다.

멍한 상태로 한동안 있다가, 근무 중이셨던 엄마에게 먼저 전화를 했다. 울먹거리며 당선 소식을 전했고, 엄마와 나는 서로 감격의 눈물을 흘렸다.

주변인들에게 소식을 전하고, 다시 담당 기자님과 통화를 하고 난 후에야, 그때서야 조금 실감이 났었던 것 같다. 그날 더 감사했던 것은, 나의 소식에 나보다 더 좋아해 주셨던 많은 사람들이 있었다는 사실이었다.

그리고 나는 그날 내가 정말 그토록 꿈꾸던 꿈을 이룬 것이었다.

작가가 되고 싶었다. 글쓰는 일을 가장 잘하고, 이 일밖엔 할 수 있는 일이 없다고 아주 오래전부터 생각했다. 어릴 적 거슬러 올라가면 초등학교 5학년, 열두 살 때부터 꿈꾸기 시작했다.

나의 간절한 목표는 20대에 꿈을 이루는 것이었다. 그것을 이루려고 정말 열심히 노력했다. 하지만 작가가 된다는 건, 결코 쉽지 않은 일이다.

20대가 저물어 가고 있을 때쯤, 나는 초조했고 불안했고, 정말 절실했다. 수많은 공모와 신춘문예까지 준비하며 작품을 써 내려갔고, 계속 도전했지만 몇 해 낙방으로 내 자신은 많이 실망했다. 하지만 포기할 수 없었다.

사실, 신춘문예가 정말 어려운 관문인 건 누구나 알 듯, 나도 알고 있었다. 오죽하면 어느 교수님은 하늘이 내려야 하는 일이라 하셨고, 또 누군가는 낙타가 바늘귀를 통과하는 일이라고 했다.

그때에도 207대 1로 당선된 것으로 기억하고 있다. 지금도 이 일은 하늘이 허락해 주신 일이라 생각하고, 늘 감사한 마음으로 살아가고 있다.

그렇게 어려운 일임을 알았었기에 노력했고, 지난 몇 년간 한 해는 지방지에 최종심 결선에서 탈락했고, 그다음에 해는 작정을 하고 한 달에 한 편씩 써 가며 준비하여 연말에 열 곳에 다 응모했지만, 모두 탈락했다. 그래서 이 길은 내가 욕심낼 것이 아니구나 생각했고, 접으려 했다.

그래서 20대가 가기 전에 문예지로 옮겨 작가의 이름이라도 달고 싶었다. 감사하게도 2008년, 문예지 『아동문학세상』에서 신인문학상 당선으로 등단한 상태였다. 난 그것으로 너무도 감사했기에 만족하려 했지만, 나를 아껴 주시던 선생님, 지금까지 함께해 오고 있는 청개구리 출판사 대표님이신 조태봉 선생님이 이대로 안주하면 안 된다고, 신춘문예를 포기하지 말고 앞으로 열번, 십 년 동안 한다 생각하라고 독려해 주셨다.

나는 솔직히 자신은 없었지만, 하고 싶은 열망은 꺼지지 않았

신춘문예 시상식

다. 그래서 다시 마음을 다잡고 심혈을 기울여 세 편의 작품을 만들었다. 그중 한 편이 당선된 것이다.

 신춘문예가 당선되고, 당선 인터뷰가 단독으로 신문에 실렸고, 그날 포털 사이트에 내 기사가 보도되었다. 서울신문 그 당시 문화부 담당 기자가 연락해 와 작가 연락 의뢰가 쇄도하고 있다고 전해 주었다.
 사실, 당선된 기쁨과 함께 내게 다가온 것은 생각보다 큰 관심과 시선이었다. 그것을 직감한 건 당선자 인터뷰를 하며 신문사에서 찍어 준 사진기에서 터져 나오는 엄청난 플래시의 빛들을 받으며, 스포트라이트에 두려움을 조금 느꼈다.
 그 순간 나는 속으로 생각했다. 정신을 차려야 한다. 나는 작가이고, 글로써 일어서야 한다고 다짐했다.
 인터뷰 중, 기자님께 이런 말을 한 기억이 난다.

 "제게 빠른 시간 안에 큰 성과를 바라신다면 실망하실 수도 있지만, 오랜 시간 저를 바라봐 주신다면 결코 실망시켜 드리지 않을 겁니다."

 인터뷰 후, 각종 매스컴에서 연락이 왔다. 사실, 작가로서 문학에 관한 연락보다는 나의 장애와 사생활에 관한 관심과 그런 부분과 연결된 프로그램이 더 많았다. 물론, 지금 이 시대는 홍보가

신춘문예 선생님들과 함께

매우 중요한 매스컴의 시대인 것을 모르는 바 아니다. 나를 알려야, 그만큼 내 글도 알리고 매출로 연결되는 길이 순리일 수도 있다.

그렇지만, 조금 고지식할 수 있지만 글로, 나는 문학성으로 인정받는 작가가 되고 싶었다. 그래서 정말 많은 요청들을 거절했었다. 꽤 시간이 흐른 지금, 혼자 가끔 내가 어리석었던 것일까를 생각하긴 해 본다. 그러나 후회하지 않는다.

나는 그날 이후, 대한민국 신춘문예에 당선된 작가이다. 그것이면 충분했다.

나의 100일

...

나는 1980년생이다. 푸르고 맑고 청명한 가을날 태어났다. 나는 건강하게 태어났다. 여느 아기들과 같이 탄생에 축하와 기쁨을 안고 말이다. 웃고, 울고, 작은 몸에도 남들이 하는 짓은 다한다며 어른들에게 웃음을 주던 아기였다. 그런 평범하고, 행복한 시간은 내겐 100일밖에 허락되지 않았다.

가족들과 행복한 백일잔치 후, 어느 깊은 겨울밤, 연기는 하얗게 퍼져 간다. 모두가 잠든 사이 한 건물에 가스가 새어 나간다. 금세 하얀 연기는 살아 움직이는 것처럼 몸통을 틀며 곳곳의 집 안으로 들어선다.

독한 연기는 아빠 엄마 가운데서 평화롭게 새근새근 잠들었던 한 아기의 숨결과 살결 사이사이로 스며들고 있었다. 아기인 내가 크게 울음을 터트리고 만다.

아이의 울음으로 아빠는 매캐한 냄새를 맡으며 눈을 뜬다. 정신을 차리니 하얀 연기 속에 그들이 있었다. 곁에서 우는 아기와

벡일사진

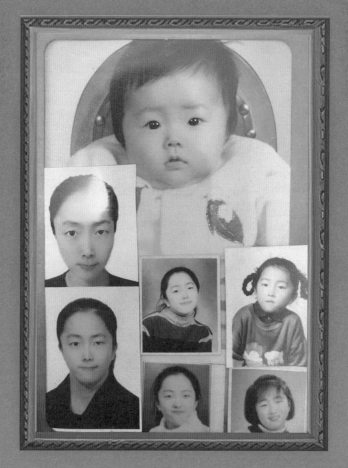

변천사

깊은 꿈속에서 젖어든 가스로 질식한 엄마는 기절해 있었다. 그런 엄마를 일으키려고 아빠는 노력한다. 아이는 계속 울고 있었다. 가까스로 세 가족은 바깥으로 탈출했다. 아이의 엄마는 잠시후 정신이 들었고, 아빠는 그제야 마음을 놓았다. 아이의 울음이 이 연기 속에서 가족 모두를 살려 낸 셈이 되었다. 부모님도, 다른 사람들도 지금까지 그런 말을 하는 때가 있지만 난 그렇게 생각하지 않는다. 단지, 그것은 우리의 갈 길이었다.

연탄가스 중독! 겨울철 연탄으로 난방을 하던 시절, 부모님의 신접살림은 보통 신혼부부처럼 소박한 단칸방이었다. 새벽에 연탄을 갈고 잠이 들었는데, 그것이 잘못되었는지 사고가 난 것이었다.

아기였던 나는 울음을 어느새 그치고, 아무 일도 없었던 것처럼 엄마 품 안에서 평온한 모습으로 잠이 들었다. 잠든 나를 보며 감사해하며 안심했을 것이다.

그날 이후도, 아이는 잘 자라고 있는 것처럼 보였다. 그 누구도 의심하지 않았다. 이제 태어난 지 100일밖에 지나지 않았던 아이였다.

뽀얀 얼굴로 웃기도 잘하고, 울기도 잘하는 이 아이는 살아온 100일 이후에 어떠한 일들이 자신을 기다리고 있는지 알지 못했다. 그저 모두의 예쁨을 받는 사랑스러운 아이일 뿐이었다. 이제 여느 아이들처럼 걷고, 말하고, 뛰며 마음껏 달릴 거라고 말하면서, 이 아이의 아주 평범하고도 기대에 찬 미래만을 기다리고 있었다.

돌 가족사진

가족에겐 그저 사고가 난 날, 우렁차게 울었던 아이의 울음소리가 기특할 뿐이었다.

며칠 후, 아기가 온몸에 열이 났다. 불덩이 같았다. 한밤중까지도 울음을 멈추지 않아 응급실로 갔다. 다행히 응급처치로 열은 내려갔다. 하지만 아기는 그날 이후로 점점 예민해지고 있는 것 같았다.

그렇지만 크게 걱정하지 않았다. 주변 사람들 모두, 아이는 다 아프면서 자라는 것이라고 했고, 병원에서도 별다른 이야기가 없었기에 대수롭지 않게 여기게 되었다.

가족들이 이 아이에게 바라는 건, 딱 하나였다.

'오직 건강하게만 자라 주길!'

그것만이 유일한 소원이었고, 바램이었다.

'아기가 이상하다!'

또래 아기들에 비해 시기가 점점 느려진다.

다른 아이들의 성장 과정에 따라가지 못하는 걸 보며 그래도 주위 사람들은 늦는 아이가 있다며 안심시켰지만, 엄마는 불안하기 시작했다.

뒤집기도, 기어 다니기도, 목을 가누는 것조차 힘들어 보였다.

이제 이웃 사람들도 한 둘 말을 건넨다.

"아기가 좀 이상한 것 같아. 병원에 좀 데려가 보지."

엄마도 알고 있었다. 하지만 일부러 더 침착해지려고 애썼고, 기다리며 기도했다. 하지만 더는 안 될 때가 다가왔다.

떨리는 마음으로 엄마는 나를 안고 병원으로 갔다.

처음에는 가까운 동네 병원 소아과를 찾았다. 그곳에서 또 큰 병원으로 가라는 의사의 말에 따랐다. 무슨 일이 벌어지고 있는지 사실 짐작조차 하지 못했다.

대학 병원 소아과로 옮겨 뇌파 검사 및 여러 정밀 검사를 마쳤다. 결과를 듣는 순간을 마주하는 아기 엄마의 가슴은 무어라 설명할 수 없게 괴로워 정말 이 자리를 피할 수 있다면 피하고 싶었을 것이다. 하지만 피할 수 없는 순간이 다가왔고, 이제 펼쳐질 이 아이의 다른 인생이 운명처럼 문 앞에서 기다리고 있는 듯 말이다.

의사는 이렇게 설명했다고 한다.

검사 자료로 보면, 아기의 뇌 중추신경에 약간의 그을림 같은 것이 보인다고 말하며 혹시 조산을 하였다거나 아니면 이런 증상이 나올 만한 일이 있었는지 물어서 엄마는 애써 정신을 되짚어보며 연탄가스 사고를 말했다고 했다.

뇌성마비 cerebral palsy. 약자로 c.p 뇌병변이라고도 하는 이 질병은 미성숙한 뇌의 손상으로 자세와 운동의 이상이 생기는 질환으로 어린이들에게서 발생하는 가장 심각한 장애 중 하나이다. 이런 장애를 갖고 있는 어린이들은 임신 중 어머니의 뱃속에서, 태어나기 직후 혹은 어린 아기였을 때 어느 정도의 뇌손상을 받은 적이 있다는 공통점을 안고 있다. 이러한 뇌손상은 영구적이지만, 자라면서 진행하지는 않는다. 다만 이런 뇌성마비 어린이들에서 보이는 운동장애는 뇌의 손상된 부위와 정도에 따라서 다양하게 나타나는데, 지적장애, 경련, 언어장애, 학습부진, 시각 및 청각 장애 등을 흔히 동반한다고 한다. 여러 증상과 유형으로 나눠지만, 한마디로 하자면 이 아이는 앞으로 평생 잘 걸을 수도, 똑바로 말을 할 수도, 움직이기도 어려우며 각종 합병증의 위험을 안고 살아가야 한다는 뜻이었다.

아이는 뇌성마비 경직형 사지마비로 판명되었다. 온몸이 뒤틀리고, 보통 팔다리가, 아주 특이한 경우 가슴 쪽으로도 뻣뻣하게 경직되어 뻗치는 현상과 함께 언어장애, 그리고 더한 증상이 나타날지 모른다고 했다.

엄마는 아무 생각도 들지 않았을 것이다. 도무지 왜 이런 일이 우리에게 생겨나는지 이해할 수 없고, 받아들이기 힘들었다. 엄마의 가슴이 가장 무너지는 것은, 이 어린 생명이, 이 작은 몸집으로 그 무서운 것들을 받아들여야만 했을까 하는 것이다. 그러면서도 자신의 온몸과 울음으로 엄마 아빠를 지켜 주었다는 생각이 엄마를 더 힘들게 했다.

엄마는 혼자 병원 계단에서 몸을 구부리고 통곡했다고 했다. 엄마는 다시 몸을 일으켜 세우고, 눈물을 손으로 지워 내면서 마음을 다잡았다. 이 아이를 더 잘 키워야겠다고, 더 특별하게 키워야겠다고 말이다.

나는 그 후, 세 살 가까이 되도록 혼자 앉는 것도 힘들어했다. 다행히 자신의 감정 표현이나 의사 표현은 몸짓이나 눈빛으로 의사소통이 가능했지만, 말도 잘하지 못했다. 최악의 경우, 아이는 평생 걷지 못할 수도 있었다. 말도 하지 못하고, 끝까지 일어나지 못하고 누워 생활할 수도 있었다.

그날의 연기 속에서 살아남은 대가치곤 참 가혹한 일이었다. 하지만 나에게 큰 축복이 있었다면, 그건 절대 자신을 포기하지 않은 부모님을 만났다는 것이다. 아이의 부모는 처음엔 많은 고민과 갈등 속에 있었다. 사실 아빠는 예민하고 감정이 넘치는 성격 탓에 처음으로 얻은 첫 딸에게 다가온 아픈 운명을 인정할 수 없어 화도 나고, 힘들어하셨다. 하지만 결론은 하나였다. 이렇게 어여쁜 딸을, 절대로 버려두거나 포기할 수는 없었다. 그래서 힘든 시기를 지나 우리는 이 모든 현실을 받아들이기로 결정한다.

"좀 다를 뿐! 넌 참 특별하단다."

설사 걷지 못하고 말하지 못한다 해도 괜찮다고, 네가 우리의 곁에 있어 준다는 사실 하나로, 우리라는 이름으로 그 모든 것을 잘 이겨 나갈 수 있다고 믿고 시작했다. 그들의 마음에 아이는 그저 사랑스런 나의 딸일 뿐이었다. 그것이면 충분했다.

병원에서 권유한 치료가 있었다. 보이타라는 치료법인데, 어느 독일 뇌성마비 형제들이 이 치료법으로 거의 정상인에 가까울 정도로 호전을 보였다는 자료도 있는 발달된 치료였다. 그러나 치료 방법이 무척 힘들었다. 아이의 신경 지점을 자극해 죽어 있던 신경세포를 다시 살려 내는 방법인데, 아이의 몸과 머리 부분을 찍어 누르며 하는 방식이라 이 치료는 어떻게 보면 인격적이지 못한 방법이기도 했다.

하지만 부모님은 지푸라기라도 잡는 심정으로 이 치료를 시작했고, 이 치료를 받을 때마다 나는 자지러지게 울며 고통 속에 눈물과 땀으로 범벅이 되며 거의 초죽음이 되었다.

어느 순간 이 치료를 알아차린 나는 치료 시간만 되면, 불안해하며 다른 곳을 가리키며 저리로 가자고 손짓으로 말했다. 본능적으로 알고 피하고 싶었던 것이었다. 그런 모습이 어른들에겐 너무나 가슴 아픈 일이었다. 많은 고민 끝에 치료는 단기간으로 그만두게 되었다.

무엇이 더 옳은지는 알 수 없었다. 다만 아이를 더 아프게 하고 싶지 않았던 부모의 마음에서였을 것이다.

사랑받는 외톨이

...

네 살 되던 해, 동생이 생겼다. 동생은 너무도 감사하게 건강한 사내아이였다. 나는 동생을 정말 예뻐했다. 자신의 몸도 제대로 가누지 못하면서 아기 옆을 떠나지 않았다. 딱 곁에 누워 볼을 비비고, 만지면서 누워 있어도 누나 노릇을 하고 있었다. 자신과 다른 삶을 걷게 될 것이 분명했지만, 함께여서 힘이 되고 외롭지 않은 것 같았다.

자라면서 가끔 밤에 다리가 부서지도록 아파 왔다. 잠을 못 잘 정도로 고통스러웠다. 힘겹게 잠에 들어 깨어나 보면 그런 날마다 비가 내리곤 했다. 몰랐던 사실을 또 한 가지 알아 갔다. 나는 비오기 전날이면 다리가 아프다는 것을! 다리가 아프면 비가 오고, 비가 내리면 더 아픈 것 같아 어느 날부턴가 비를 싫어했다.

그러다 혼자 생각했다.

'나는 왜 비가 오면 다리가 아프지?'

이런 의문이 나에게 생각의 시작이었다. 그 후 혼자만의 궁금증은 더해 갔지만, 이상하게도 그 궁금증은 아무도 답해 줄 수가 없었다.

나는 이제 걷지 못하고, 잘 말하지 못해도 느끼고 있었다. 무언가 자신의 존재가 다르다는 사실을!

옆에 있는 동생은 첫 번째 생일 때, 첫걸음을 떼었다. 그리고 동생은 말도 잘했다. 분명 자신과는 달랐다. 동생뿐만이 아니었다. 아빠도, 엄마도, 심지어 옆집 아줌마도 같은 모습인데, 혼자만 같지 않다는 것을 나는 알아 가기 시작했다.

이 세상에서 다른 사람으로 살아간다는 건 마치 이 지구에 나타난 외계인이 되고, 모두가 두려워하는 괴물이 되는 것일까? 똑같은 길을 갈 때, 함께 가지 않고 다른 길을, 외로운 길을 가야 한다는 것일 것이다.

남들과 다른 길이 열린, 다른 아이!

그런 나에게 기적 같은 일이 일어났다. 자리에서 일어나, 한 걸음을 혼자 떼었다.

그때, 내 나이 여섯 살이었다.

엄마는 마음을 다잡았다. 자식의 고통은 자신의 아픔보다 더하지만, 그 슬픔 속에서 허우적거리고 있을 순 없다고 생각했다. 이 아이에게 다름을 주셨다는 건, 이 아이에게 특별함을 주셨다는 것일 수도 있다고 믿었다. 그래서 분명 다르지만, 다르지 않게, 평등하고 평범하게 살아 있는 순간을 많이 만들어 줘야겠다고 생각했다.

유년 시절

그때부터 엄마는 명작 동화들을 읽어 주기 시작했다. 그 당시 서점에서 일하고 있었던 막내 이모는 좋은 동화책과 예쁜 문구들을 꾸준히 보내 주었고, 엄마는 그 동화책들을 구연동화 식으로 읽어 주니, 생각보다 더 집중을 잘하는 것 같았다. 어느 순간, 내가 먼저 책을 가리키며 읽어 달라고 했다. 온종일 그럴 때도 있어 오히려 엄마가 귀찮을 때도 있었다.

가끔 과연 이 아이가 이야기를 다 이해하면서 듣는 것인지 궁금할 때도 있었지만, 그때마다 초롱초롱 반짝이는 내 눈동자로 대답과 확신을 얻었다.

그뿐만이 아니다. 엄마는 웬만하면 세 살 터울인 남동생이 하는 모든 놀이에 내가 함께하도록 했다. 겨울에는 품 안에 안고 썰매도 타고, 숨바꼭질은 물론이요, 이동이 어려운 것은 모조리 엄마가 안고서라도 경험하게 해 줬다. 그래서인지 나는 성격이 밝았다. 꽤 잘 웃고 즐거워했다. 하지만 한번 화가 나거나 무언가 자신의 마음에 안 들면 나는 정말 사나운 아이로 돌변했다. 울다가 갑자기 하얗던 얼굴색이 시커멓게 흙빛으로 변하면서 뒤로 넘어가는 놀라운 광경을 볼 수 있었다.

어린 나의 마음속에는 우리가 알지 못하는 많은 것들이 있는 것 같았다. 몸이 아프고, 부자유스럽기 때문에 더 예민하다고 생각할 수도 있지만, 그것 외에 그 이상의 무언가가 아이를 괴롭히고, 때론 다른 사람으로 돌변하게 한다는 생각이 들 정도였다.

그래서 가족들은 어느 순간부터 웬만하면 자극하지 않으려 애

썼다. 하지만 엄마만은 생각이 달랐다. 아무리 자신이 아프다 해도, 답답하다 해도 지킬 것은 지키고, 배워야 할 것은 배워야 한다고 생각했다. 그래서 엄마는 엄격해지기로 결심했다. 그로부터 그야말로 전쟁이 시작됐다.

안쓰럽다고, 가엾다고 해서 그냥 버릇없는 행동을 해도 괜찮다 놔두면, 이 아이는 그저 고집쟁이 심술쟁이밖에 되지 못할 게 분명했기 때문이었다.

나는 어눌하지만 제법 말도 잘했다. 떨림이 있는 불안하고 부정확한 발음이었어도, 자신의 의사 표시는 물론, 어느 순간 항의까지 한다.

"누가 그렇게 행동하라고 했어? 혼나야겠어."
"내가 뭘 잘못했는데?"

악을 쓰고 울면서 대들면, 엄마는 놀랍기도 하고 기가 막혀서 자신도 모르게 혼내면서도 웃음이 나왔다. 그런데 여기서 더 나아가 화를 내는데, 웃는 엄마가 더 기분이 나빠졌다. 그래서 멈추지 않고 또다시 말한다.

"왜 웃어? 내가 화내는데 왜 웃는 거야?"

엄마는 더 안 되겠다 싶어 회초리를 들었다. 그래도 아이는 쉽사리 잘못했다고 인정하지 않고, 용서를 빌지도 않았다. 엄마는 속으로 내 딸이지만, 결코 쉬운 상대가 아님을 인정한다.

그렇게 혼내고도 엄마는 꼭 마지막엔 끌어안아 주고, 이유를 설명해 주면서 어느 때에는 서로 부둥켜안고 울었다.

울다 지쳐 잠든 나의 바지를 올리면, 살이 하나도 없는 가느다란 종아리에 상처가 남아 있다. 엄마는 잠에서 깰까 살포시 약을 발라 주며 혼자 또 한 번 울었다.

곁에서 다른 가족들이 말한다.

"때릴 데가 어디 있다고 그렇게 혼을 내?"

모두 말리며 한마디씩 했다. 하지만 엄마는 그런 순간마다 더 마음을 붙잡았다.

내겐 사실 또래 친구가 없었다. 그래서 자연스럽게 아이들보다는 어른들 사이에서 있었고, 그래서 나의 가장 절친은 사실상 엄마다. 그리고 동생… 동생은 동네에 나가면 또래들과 잘 어울리면서 놀기도 했지만, 나에게는 아이들이 좀처럼 가까이하지 않았다. 엄마는 어느 날 혼자 갖고 놀라고 작은 레고 박스를 하나 사다 주었다. 책 말고는 새로운 것이 없었기 때문에 나는 좋아했다.

그 레고박스 하나가 유일한 친구가 되어 주었다. 보통 아이들은 낮에 뛰어놀며 넘치는 에너지를 다 쏟고, 밤에는 곯아떨어졌다. 그것이 정상적인 아이들의 생활 패턴이었지만, 난 그렇게 하지 못했기에 낮이고, 밤이고 혼자 책 아니면 레고로 시간을 보냈다.

우리 가족은 할머니와 합가해 식구가 많아졌고, 집도 아버지의 본가로 들어가게 되었다. 나는 낮보다 저녁 시간을 좋아했다. 퇴근해 돌아온 아빠와 밖에서 나가 놀다 들어온 동생과 엄마와 할머니까지 함께 있는 시간이 정말 즐거웠다. 그래서 하루 동안 가장 기다리는 시간이었다. 하지만 문제가 생겼다. 그 시간은 너무 짧다. 모두는 나와 달리 하루 일과를 다 하고 돌아왔기에 피곤해서 잠자리에 들려고 했는데, 나의 에너지는 그 순간부터였다. 더 놀고 싶은데, 날은 속절없이 어두워져만 가고, 모두 잠이 든다. 나는 잠이 오지 않는다. 혼자 깨어서 레고를 맞추다, 책을 펼쳐보다 해도 시간은 너무 더디 갔다. 아무리 그렇게 해도 심심함이, 서운함이, 서러움이 사라지지 않았다. 그래서 어느 순간부터 어두워지고, 가족이 잠자리를 준비하려고 들 때면, 막무가내로 울기 시작했다. 아무리 말려도, 왜 우냐고 물어도 소용이 없었다. 그저 서러울 뿐이고, 답답할 뿐이다. 까만 밤, 동네 밖에서 서럽고 처절하게 울어 대는 암고양이처럼 그렇게 울었다.

그러던 내게 동네 동갑내기 먼 친척 아이가 이사를 왔다. 거의 억지로 어른들이 같이 놀라고 해서 어색하게 놀기 시작했다. 그 아이는 날 민망할 정도로 빤히 바라보다가 약간은 두렵고, 약간은 거리를 두며 물어본다.

"얘는 왜 이상하게 걸어요? 얘는 왜 말을 똑바로 못해요?"

애써 어른들은 그 물음을 피하려는 듯 시선을 옮기며 흘리듯 말한다.

"아파서 그렇다. 그러니 함께 잘 놀아라."

난 그때 알아차렸다. 내가 걷는 게 이상하고, 내가 말을 똑바로 못한다는 것을.
무언가 슬프기 시작했다.
그렇지만 슬프기만한 건 아니었다. 어쩌면 자신이 장애로 인해 다르다는 사실을 잊을 만큼 어른들은 나의 총명함을 인정해 주었다.
어눌하지만 말을 조리 있게 잘했고, 눈치가 놀랍게 빨랐다. 어쩌면 머리보다 몸으로 먼저 알아채는 것 같았다. 놀랍도록 순발력과 육감적인 느낌이 빨랐다. 그래서 할머니는 날 데리고 공부를 가르치기 시작했다.
간단한 이름이나 주소 같은 기본적인 것에서부터, 사람들 간의 호칭과 관계를 알려 주니 아주 제법 알아들었다. 할머니는 신기하기도 하고, 기특해서 신이 나셨다.

"얘 좀 봐라. 하나를 알려 주면 열을 안다."

할머니는 본격적으로 일대일 과외를 시작했다. 한글 자음과 모음 글자 표를 벽에 붙여 놓고, 알려 주었다. 신기하게도 금세 알아낸다. 그렇게 여섯 살에 걷기도 하고, 한글도 배웠다.

어느 날 동네 친구와 만나 놀이터 흙바닥에 글자를 써 보며 놀았다. 친구는 당연히 내가 한글을 알지 못할 것이라 생각하고, 우쭐대려고 권한 것인데… 이게 웬걸? 내가 떨리는 목소리로 말했다.

"나 이거 알아."
"그래? 그럼 네가 지금 가장 써 보고 싶은 글자 써 봐!"

나는 짧은 손가락 검지를 흔들며 흙바닥에 글자를 새긴다.
'엄마!'

새로운 시작

...

어느새 나의 진학 문제를 고민할 때가 다가왔다. 사실 제 나이에 학교를 가는 걸 늦출 생각도 하고 있었다. 그런데 우연히 이웃에 어느 어른이 알려 주었다. 나처럼 불편한 친구들이 입학할 수 있는 특수학교를 말이다. 그곳은 유치원부터 고등부까지 신설된 학교였다.

'유치원은 생각도 못했는데… 그리고 아직 이 아이는 혼자 잘 걷지도 못하는데….'

하지만 엄마는 이렇게 때마침 찾아든 좋은 기회를 놓칠 수 없다고 생각했다. 못 걷는 아이라면 업고라도 다닐 생각이었다. 정말로 나는 엄마 등에 업혀 유치원에 입학했다.

나는 생각보다 더 좋아했다. 선생님도 너무나 작고 귀여운 나를 예쁘게 보셨고, 아이들도 또래들이라 반가웠다. 엄마도 이 정

유치원 졸업

도라면 만족할 정도였다. 엄마 등에 업혀 시작한 나는, 갈수록 걸음도 늘어, 많이 흔들렸지만 혼자 걷기 시작했고, 선생님들 사이에서 예쁨을 받고, 자꾸 말을 주고받고 하다 보니, 말도 많아졌다. 수다쟁이의 재능이 엿보였다.

나는 그곳에서 유치원을 다녔다. 인생에 없을 것으로 생각했던 유치원도 다니고, 무엇보다 선생님께서 정말 인자하고, 푸근한 할머니처럼 좋으신 분이었다. 유치원에서 강렬하게 기억나는 건, 선생님께 처음으로 이 세상에 무수한 색이 있고, 그 색깔의 이름이 있다는 걸 알게 되었다는 사실이다.

'바다는 파란색, 하늘은 하늘색, 병아리는 노란색, 사과는 빨간색, 초원은 초록색…'

마치 선생님께서 하나하나 색을 알려 줄 때, 나의 마음속 세상에 팔레트가 열리고 하나하나 색을 끄집어내면서, 이렇게 물어봐 주시는 것 같았다.

'앞으로 너의 세상은 무슨 색으로 물들이고 싶니?'

그렇게 나는 당당하게 꼿꼿이 서서 꽃다발을 들고 유치원을 졸업했다.

자연스럽게 그곳에서 초등 과정에 입학했고, 많은 것을 바라지 않으며 행복하게 지냈다.

사실 내가 사고를 당하고, 병원에서 장애 판정을 받아 여섯 살까지 걷지 못할 때, 아무런 기대도, 희망도 없었다. 오직 사랑하는

초등학교 때

사람 곁에만 있어 주는 사실이 가장 큰 위로였고, 희망이었다. 걷지 못하고 말하지 못해, 그저 방 안에서 평생을 다할지도 모른다는 최악의 경우를 생각한 것도 사실이다. 친구 한 명 없는 외로운, 사랑받는 외톨이였다.

하지만 이제 걷고, 말하며 학교에 다니는 어엿한 학생이었다. 그래서 나에겐 점점 더 기대가 생기고, 희망의 무지개가 뜨기 시작했다. 일곱 가지 무지개 색깔처럼 다채롭고, 아름답게 이 특별한 삶을 하나하나 물들이며 살아갈 수 있을 것이라는 거대한 꿈마저 생길지도 모를 일이었다.

무지개는 우리 앞에 보이지만, 멀리 있다. 내가 그려 나가고픈 무지개에 다가가려면, 험난한 여정이 기다리고 있을 것이다. 무지개는 멀리서 보면 쉽게 다가갈 수 있을 것 같지만, 다가갈수록 도망치고, 물러선다. 그리고 어느새 사라진다. 하지만 지금 내 앞엔 아름답게 떠 있는 희망의 무지개가 나타났다.

1학년은 거의 엄마와 소풍 다니듯 학교에 다녔다. 사실 가끔은 엄마랑 땡땡이를 치고 놀이공원에 가서 놀다 왔다. 우리끼리 비밀이라고 엄마랑 굳세게 약속했는데, 글쎄 돌아와 보니 온 식구가 알고 있었다. 선생님께서 전화하신 것이다. 당황스러웠지만 잊지 못할 추억이 되었다.

엄마는 나에게 늘 이렇게 말했다.

"건강하게만, 즐겁게만 살아."

"공부는?"

"공부는 안 해도 돼."

"진짜야?"

엄마가 나에게 바라는 건 오직 그것뿐이었다. 지금 이것으로 충분했다. 하지만 나는 조금 달랐다. 사실 지금 다니는 학급에서 나처럼 학습이 가능한 아이는 둘뿐이었다.

그러다 보니, 정말 웃지 못할 해프닝도 많았다.

나보다 장애 정도는 약해서 잘 걷고, 잘 달리기까지 하는 아이들이 많았다. 그래서 어느 날 운동회를 하는데, 모두 나보다 더 잘 달리는 아이들인데, 결승선을 알지 못해 출발선에서 뿔뿔이 흩어지고 말았다. 그 가운데 결승선을 아는 나만이 가장 느린 걸음인데도 달리기 1등을 했다.

이곳은 주로 발달장애 아동들을 위한 학교였다. 정확하게 말하자면, 나에게 딱 맞는 곳은 아니었다. 이곳에서도 여전히 사랑받는 외톨이였다.

참 이상한 일이었다. 분명 사랑받고 있음은 느끼고 있었지만, 그것으론 부족했다. 가족들에게도, 학교에서도 사랑받고 자라났다. 늘 감사하게 생각하며 웃기도 잘 웃고, 결코 우울하거나 불만스럽지 않았다. 하지만, 뭐랄까? 지금 있는 그 자리가 내 자리라고 생각이 들지 않았다. 어딘가에, 그 어디에선가 자신에게 딱맞고, 뭔가 허기가 지지 않는 그런 곳이 있다는 생각이 들었다.

그리고 난 새로운 것을 늘 배우고 싶어 했고 갈망했다. 사실은 엄마가 피아노를 치는 모습을 본 적이 있었다. 베토벤의 〈엘리제를 위하여〉라는 곡이었는데, 그 모습이, 그 선율이 정말 좋아 보였다. 그래서 말은 쉽게 하지 못했지만, 언젠가는 꼭 기회가 되면 피아노를 배우고 싶었다.

학교생활은 언제부턴가 흥미를 잃어갔다. 선생님들께 총애를 받고, 마치 단독 과외를 받듯 학습하지만, 이것이 분명 다가 아님을 느끼고 있었다. 어느새 나는 자라고 있었던 것이다. 내 안의 나만의 세계가 말이다.

그 세계에서 나는 몸의 장애로 옥죄어 오는 모든 힘겨움 없이 달려 보고 싶은 욕구가 슬슬 올라오고 있는 것 같았다. 엄마도 물론, 그런 나의 마음을 알아차리고 있었다.

집 근처 마을 어귀에 눈에 띄는 곳이 피아노 학원이라는 말을 들었다. 난 새로운 꿈이 생겼다. 저곳에 들어가, 피아노를 배우고, 피아노를 치고 싶다는 꿈 말이다.

그러나 나도 사실 알고 있었다. 신체 조건상 피아노 연주는 어렵다는 것을 말이다. 열 손가락을 자유롭게 움직이며 연주해야 하는데, 사실 오른쪽 손만 겨우 사용한다. 한쪽, 오른손으로 무엇이든 하고 있었다. 그런데 피아노라니? 가당치 않았다. 나는 그래서 속상했다. 자신은 늘 하고 싶은 일에, 몸을 먼저 생각해야 하고, 너무나 많은 제약과 구속이 많다는 사실이 어린 마음을 답답하게 했다. 그러면서 의문이 하나 더 생겨 갔다. 왜 이렇게 할 수 없는 게 많은 것인지? 둘러보면 다른 아이들은 그런 것 같지

어릴 적 동생과

초등학교 3학년 소풍

않은데, 유독 자신에게만 있는 어려움에 대해 궁금해져 갔다. 포기해야 하는데, 포기하고 싶지 않았다. 그냥 넘어가야 하는데, 넘어가고 싶지 않았다.

어느 날, 용기를 내어 초록색 지붕 집을 지나가며 엄마에게 말해 본다.

"엄마, 나 피아노 치고 싶어."

내 첫 번째 도전이었다.

나의 돌발 선언에 엄마는 잠시 놀라는 것 같았지만, 바로 대답했다.

"그래? 정말 배우고 싶어?"

내 결심은 확고했다. 엄마도 알겠다는 듯 웃어 보였다.

얼마 지나지 않아 엄마의 손을 잡고, 흔들거리는 걸음으로 힘차게 초록색 지붕 집에 입성한다.

학원은 두 젊은 부부가 운영하는 곳이었다. 주로 피아노 지도는 여자 선생님이, 그 나머지 일들은 남자 선생님이 원장 역할로 운영하는 곳이었다. 처음에 내가 들어서자 그 부부는 당황하는 얼굴을 숨길 수 없었다. 하지만 곧바로 반갑게 맞아 주었다.

여자 선생님은 우리에게 차를 내어 주고 자리를 피해 주었다. 남자 선생님이 상담을 시작했다. 남자 선생님은 키도 훤칠하고, 눈도 부리부리한 인상 좋은 얼굴이었다. 나와 엄마의 얼굴을 번갈아 보며 어색한 웃음을 지어 보이는 것 같았다.

"무슨 일로 오신 거죠? 혹시 피아노를 배우시려고요?"

엄마는 차분히 입을 열었다.

"네. 사실은 저희 아이가 몸이 좀 불편한데, 피아노가 배우고 싶다고 하네요. 쉽지 않겠지만, 아이가 배우고 싶다고 하고, 오가며 보니 학원도 좋아 보이고, 선생님들도 모두 좋아 보이셔서 이렇게 와 보았습니다."

"아, 그리시군요."

남자 선생님은 웃으면서 나를 유심히 바라보았다.

"이름이?"

"나영이요."

선생님은 나와 눈을 맞추며 가만히 물었다.

"피아노 치고 싶어요?"

그러자 엄마가 나에게 이야기한다.

"대답해도 돼."

난 힘겹게 입을 연다.

"네."

선생님은 활짝 웃는다. 그리고 또다시 할 이야기가 있다는 듯 입을 열었다.

"사실은 저, 나영이 알아요. 학교 가고 오는 모습 봤어요. 그러면서 여기 왔으면 좋겠다고 생각하고 있었어요. 기다리고 있었어요."

선생님의 뜻밖의 말에 엄마는 감동받은 듯이 고맙다고 했다.

"피아노 연주도 좋지만, 이곳에 와서 피아노 소리도 듣고, 만져 보고, 또래 친구들과 어울리는 것도 아이에게 좋을 거예요."

"그럼요. 욕심 없어요. 이렇게 반갑게 받아 주셔서 감사합니다."

"별말씀을요. 우리 잘해 보자."

드디어 초록색 지붕 피아노 학원에 다니기 시작했다.

그리 크지 않은 곳이어서 피아노는 많지 않았다. 하지만 피아노 몇 대를 동시에 연주할 때면, 피아노 소리가 한 번에 겹쳐 들렸다. 사실 나에겐 이 배움이 어떤 목표를 위함은 아니다. 피아니스트가 되겠다던가, 어떤 곡을 꼭 완벽하게 연주하고 싶다는 것도 아니었다. 피아노라는 또 하나의 새로운 것에 도전해 보는 자체, 그것이 공부였고 가치 있는 추억이었다.

피아노를 지도해 주는 여자 선생님도 처음엔 난감해한 것이 사실이었지만, 친절하게 대해 주려 애쓰는 모습이 보였다.

예상대로 양손은 어려웠다. 신기하게도 음표는 읽을 줄 알게 되었고, 한쪽 손으로 건반 하나하나를 눌러 가며 소리를 내 보았다.

대기하는 시간에는 다른 사람의 연주도 듣고 감상하며 점차 음악도 감상할 줄 알게 되었다.

선생님들은 감사하게도 다그치지도, 눈치를 주지도 않았다. 마치 딸처럼 대해 주었다. 마음을 열고 이야기를 나누면 어떠한 음성도 들리게 되어 있다. 그분들이 마음을 열고, 미세한 피아노 음에 귀를 기울이듯 나의 불완전하고 떨리는 음성에 귀 기울여 주었기에, 아이의 말이 들렸고 마음을 나누기에 충분했다.

학교에서 채워지지 않았던 허전함을 이곳에서 채워 나가고 있었다.

어느 날 아주 연주 잘하는 언니가 피아노를 연주했다. 쇼팽의 왈츠 곡이었는데, 그 연주를 들으며 이곳은 마치 나에게 새로운 세상이자 위로의 장소였다.

시간이 지나 어느새 열 살이 되었다. 3학년이다. 벌써 고학년으로 올라갈 시기가 되다니! 정말 놀라울 정도로 성장하고, 생각보다 더 장애 정도가 호전되었다. 엄마 등에 업혀 유치원에 입학한 아이는, 이제 혼자 씩씩하게 흔들거리면서도 잘 걸어 다니고, 떨리는 음성이지만 한번 이야기를 시작하면 끝을 알 수 없는 수다쟁이가 되었다. 무엇보다 가장 큰 발전이요, 행복이었다. 그러나 성장한 만큼, 발전한 만큼 고민도 깊어 가고 있었다.

그러던 어느 날, 담임 선생님이 엄마와 면담을 하자고 했다. 평소 담임 선생님은 나를 무척 아껴 주었던 분이다. 언젠가 이런 말을 해 준 적이 있다.

"나영아, 방학 숙제로 내 준 독후감 숙제 아주 잘했어. 선생님 생각에 이해력이 정말 좋고, 글짓기에 소질이 있는 것 같아. 훌륭한 작가가 되었으면 좋겠구나."

열 살 나의 머릿속에는 그날부터 새로운 단어가 떠나지 않았다. '작가!'

초등학교 특수학교 선생님과

선생님과 엄마는 마주 앉았다.

"선생님, 저희 아이에게 무슨 일이 있나요?"

"아니요. 그런 게 아니고요, 어머니!"

엄마는 잔뜩 긴장한 얼굴로 선생님의 말씀을 기다렸다.

"제가 지켜보니, 전반적으로 나영이가 학습능력이 아주 좋아요. 이 정도의 장애와 인지력이라면, 이곳보다는 일반 학교에 보내셔도 될 것 같아요."

"일반 학교요? 적응할 수 있을까요?"

"잘 해낼 거예요!"

엄마는 그날 이후, 깊은 고민에 빠졌다. 과연 무엇이 이 아이를 위해 좋은 길일까를 말이다. 아빠와도 상의했다. 아빠도 마찬가지로 고민했다. 아이가 잘 해낼 것은 믿지만, 걱정되었다.

"우리의 욕심으로 아이에게 큰 상처가 되면 어떡하지?"

엄마 생각도 같았다. 부모님은 발전이나 성과보다 행복이었다. 몸도 힘든 아이에게 더 힘들게 하고 싶지 않은 부모의 마음이었다. 며칠 동안 깊게 고민한 끝에 엄마가 무언가 결심한 듯 말했다.

"이제 아이도 자기가 가고 싶은 길을 자신이 선택할 수 있어요. 아이에게 물어보고 만약, 가고 싶다면 그렇게 해 주는 게 좋을 것 같아요. 어때요?"

하굣길, 엄마와 손을 잡고 오는데 나에게 넌지시 묻는다.

"나영아!"

"응."

"너, 이 학교 말고, 동네에 있는 가까운 학교 갈래?"

난 잠시 멈칫했다. 동네 학교는 자신과 같은 아이들이 없다는 것을 알고 있었다.

"선생님이, 우리 나영이는 거기 가서도 잘할 수 있을 거라고 하시는데, 어때?"

"엄마는 네가 원하는 곳으로 택할 거야. 그런데, 사실 그곳은 여기보다는 힘들 거야. 엄마는 너에게 하고 싶은 말이 있어."

난 엄마를 빤히 바라본다.

"한번 네가 선택한 것은 끝까지 책임을 져야 해. 네가 하겠다고 약속한 것이니까. 그래서 싫으면 안 가도 돼."

난 잠시 혼자 골똘히 고민하다가, 힘겹게 말했다.

"엄마, 나 가고 싶어!"

엄마를 바라보는 나의 눈동자가 빛나고 있었다.

"그래, 좋아!"

그렇게 내 나이 열 살에 인생의 큰 선택을 처음으로 해 보았다.

막상 떠나려고 하니, 정들었던 이곳과 이별한다는 것이 쉽지 않았다. 유치원부터 이때까지 성장시켜 준 곳이었기에.

이곳에서는 학급 선생님들과 더불어 물리치료 선생님, 언어치료 선생님 각각 치료에 도움을 주신 선생님들도 많았다. 그리고 그다지 친하다고 말할 수 없지만, 오랫동안 함께해 온 이곳의 친구들과도 헤어져야 한다는 것이 참 생각보다 슬픈 일이었다.

곳곳에 인사하면서, 이제 마지막으로 이 길을 권유한 담임 선생님과의 이별의 순간이 남았다.

선생님과 엄마는 먼저 포옹했다. 난 그 모습을 올려다보고 있었다. 선생님은 자세를 낮추고, 눈을 맞추며 말했다.

"나영아! 잘 가. 선생님이 늘 응원할게."

"네."

선생님은 나를 꼭 안아 주었다. 일어서서 뒤돌아 눈물 훔치시던 선생님의 모습은 나에게 오랫동안 생각났다.

이제 그곳과 완전히 이별을 하고, 새로운 곳을 향하는 열 살 나의 머릿속에는 어떤 이유에서인지 알 수 없지만, 이런 생각이 들었다.

'내가 가는 그곳이 내가 생각한 것처럼 좋지 않을 수도 있어. 어쩌면 난 아무 잘못도 없이 아이들이 던지는 돌을 맞을 수도 있겠지. 하지만 난 가고 싶어. 부딪혀 보고 싶어. 그리고 끝까지 책임질 거야. 내가 선택한 길이니까.'

아마도 그것이 새로운 선택에 대한 한 아이의 각오였던 것 같다.

우리가 앞으로 벌어질 일들을 미리 알 수 있다면, 전부는 아니더라도 조금만 알더라도 우리는 같은 선택을 했을까? 알았다 해도 이 선택을 했을 것이라고 말할 수 있다면, 그렇게 살아간다는 것이 어쩌면 가장 큰 축복일지 모른다.

열 살 나에게 펼쳐질, 이제 시작된 새로운 세상에 대해 한 장면이라도 미리 아이에게 보여 주었다면, 이 아이는 그 선택을 했을까?

상상도 못하고, 이제껏 경험하지 못한 어마어마한 일들이 또다시 그 아이를 기다리고 있었다. 행복할지, 불행할지는 가 보지 않고는 모른다.

이날이 다시 돌아와도 같은 선택을 했을 것이라고 말할 수 있기를!

다행스러운 것은, 나는 육감적으로 자신에게 다가올 일들을 조금이나마 직감하고 있었다.

꺾이는 시간

...

나에게 펼쳐진 열한 살의 새로운 시작이 열렸다. 이전 학교와는 정말 달랐다. 운동장에서는 아이들이 달리고, 서로 이야기를 나누고 즐겁게 보였다. 엄마의 손을 잡고 교무실로 갔다. 선생님께 배정을 받고 이제 엄마와 헤어져 정말 홀로서기를 시작해야 했다. 엄마는 선생님께 머리 숙여 잘 부탁드린다고 인사하고는 사라졌다.

이제 교실 문이 열리고, 선생님이 들어서자 아이들은 조용해졌다. 내가 그 뒤를 따라 들어갔다. 나이에 비해 턱없이 작고 왜소한 체구, 흔들거리는 발걸음으로 등장함과 동시에 교실 안은 순간 싸늘해졌다. 딱히 선생님이 조용히 하라고 할 필요조차 없이 잠시 적막이 흘렀다. 그 순간 교실의 공기, 내겐 처음으로 느껴 보는 그 삭막하고, 적막한 차가움! 너무도 추웠고, 떨렸던 기억이 생생하다. 그때, 맨 앞에 있던 남자애가 크게 말한다.

"쟤 4학년 맞아요?"

운명의 장난이라고 해야 하나? 좀 전에 그 남자애가 짝꿍이 되고 말았다.

　이제껏 살면서 눈빛으로 이런 대우는 많이 받아 봤지만, 대놓고 이렇게 대하는 것은 정말 나에겐 처음 일어난 일이었다.

　아주 조금은 예상했지만, 이 정도일 줄은 몰랐다. 오자마자 후회가 밀려왔다.

　사실 아이의 마음에 지금 사는 이곳은 야생의 어느 초원 같았고, 어린 나는 살아남으려고 발버둥 치는 맹수나 야생마처럼 느껴졌다. 하지만 사람들의 눈에 자신은 한없이 연약한 존재일 뿐임을 느끼곤 했다. 오늘은 그보다 더한, 동물원의 원숭이가 된 기분이었다.

　아이들은 생전 처음 이런 아이를 보았고, 신기하면서도 멀리하려는 표정으로 나를 마주했다. 장난기 많은 남자아이들은 아예 대놓고 놀렸다. 세상에서 이런 말이 있었고, 이런 말을 내가 듣게 되는구나 할 정도의 심한 말들의 폭력이 시작되었다.

　나는 생각했다.

　'이제 어떻게 해야 하는 거지?'

　그 순간, 그날 돌아서서 했던 생각과 다짐들을 떠올렸다. 이럴 줄 알았고, 이곳을 선택한 자신은, 결코 이곳에서 물러서지도 도망치지도 않는다고 다시 마음을 다잡았다. 그러고는 마음속으로 이렇게 말했다.

　'어디 한번 해 보지, 뭐!'

　그날부터 계획을 세웠다. 목표는 하나! 여기서 살아남는다, 그러기 위해선 버틴다. 그것 아니고는 생각하지 않기로 한다. 어떤 어려움이 와도 쓰러지지 않고, 책임질 것이라고 자신과 약속한다.

생각보다 학습에 문제도 굉장히 컸다. 이제껏 그래도 나름 또래 나이에 비해 똑똑하다고, 크게 떨어질 리 없다고 생각했지만, 막상 수업 시간에 따라가기란 쉬운 일이 아니었다. 하지만 공부까지 못한다면, 사람들은 아주 바보로 볼 게 분명했다.

불행은 비껴가지 않았다. 첫 시험에 최하점! 이제 몸도, 머리도 엉망인 최악의 아이가 되어 버렸다.

나에게 다가와 눈앞에 서서 혀를 내밀고 놀려 대는 한 남자아이도 있었고, 점차 인내의 한계를 느꼈다. 속으로 정한 법칙이 있었다. 누구든지 세 번의 기회를 준다. 그 이상은 참지 않는다는 규칙이다. 그래서 우악스럽게 혼내 준 적도 있었다.

가끔은, 이곳을 선택한 것을 후회도 했다. 그럴 때마다 되뇌었다.

'그때, 네가 진짜라면, 지금 여기서도 그 모습을 찾아야 해. 그게 진짜야.'

매번 이런 식으로 내 자신을 채찍질하며 다시 일어서곤 했다. 그리고 어떠한 상황이 오더라도 절대로 울지 않았다.

세 살 터울인 남동생과 학교를 함께 다녔는데, 어렸던 동생 입장에서도 몸이 불편한 누나와 같이 다닌다는 것이 쉬운 일이 아니었을 텐데, 한 번도 그런 내색을 내비친 적이 없었다. 하굣길에도 남동생은 내 가방까지 자신의 어깨에 두 개를 메고, 내 손까지 잡아 주고 같이 걸어오곤 했다. 그러면서도 다툰 적이 없었다. 내게 가족들은 이토록 모두 큰 힘이었다. 그래서 어려움을 늘 버틸 수 있었던 것 같다.

내게도 언제쯤이면 좋은 친구가 생길까? 이 세상에서 가장 친한 친구 세 명만 있다면, 인생을 성공한 것이라고 했는데… 세 명은 바라지도 않는다. 정말 진정한 친구가 한 명이라도 있기를 언제나 기대하고 기다리고 있었다. 모두가 보는 겉이 아니라 마음을 보는 친구! 그런 친구가 나타나기를 바라고 있다.

첫 번째 짝꿍이었던 남자아이는 그렇게 많이 놀리지도, 괴롭히지도 않았지만 그렇다고 친구로 대해 주지도 않았다. 책상에 금은 긋지 않았지만, 분명 선을 그었고 마음을 열어 주지 않았다. 나 또한 별로 친해지고 싶지 않았다. 그렇게 시간이 흐르니, 자리를 바꿀 시기가 왔다. 나는 또 불안했다. 언제부턴가 새로운 것이 싫어졌다. 또 처음부터 다시 시작해야 한다는 것이, 편치 않았다. 또 누구랑 앉게 될지 걱정이었다. 솔직히 그 누구와도 똑같을 것 같았다.

그런데 이상한 일이 일어났다. 그 일은 선생님의 입에서 흘러 나왔다. 한 친구가 나와 짝을 하겠다고 나섰고, 그 친구는 친절해 보였다. 하지만 시간이 갈수록, 내가 생각했던 친구가 아니라는 사실을 알게 되었다. 무언가 선의가 아닌, 보상을 원하고 친절을 베푸는 척하며 나를 자기 식대로 통제하려 들었다.

어린 나이였지만, 선택해야 했다. 일생일대의 중요한 선택의 기로에 서 있는 것이다. 한순간만 눈 딱 감고 비굴해지면 잠시 편안하게 살아갈 수 있었다. 더 나아가선 이런 식의 방법으로 더 많은 친구의 환심을 사고, 얻을 것만 얻으면 되는 식으로 약게 살아갈 수도 있었다. 그런 생각을 못 한 것이 아니다. 하지만 이런 식의 방식을 도저히 받아들일 수가, 받아들여지지 않았다.

친구는 서로의 필요만을 위한 사이가 아니라, 서로 돕고 아껴주는 사이여야 한다고 생각했다. 그런 식의 거짓 친구를 얻기 위해 비굴하게 살아가고 싶지 않았다. 그래서 결심했다. 비굴해지지 않기로! 외롭지만 꿋꿋한 길을 가기로!

그 친구와 인연은 생각보다 길었다. 그런 관계를 수없이 반복하다, 중학교까지 같이 다니며 서서히 세월이 갔다. 그 친구의 진심은 난 아직도 모른다. 하지만 그때는 어렸었고, 나도 무언가 잘못이 있지 않았겠는가? 자연스레 서로의 관계는 멀어져 갔고, 그 친구와 오랜 인연에 마침표를 찍어 주는 듯한 장면이 떠오른다. 시간이 가며 그 친구와 나도 성숙해 갔고, 중3 때 또 같은 반이되었을 때, 그 친구는 또다시 나의 도우미를 자청했다. 그 모습으로 표창장을 받게 되었는데, 부상을 내게 가져와 내밀었다. 부끄러워하던 친구의 얼굴, 의아했던 내 얼굴이 마주했던 순간을 기억한다. 그리고 이렇게 그 친구와 나의 관계는 이 모습으로 마무리되었다. 나는 미소로 마음을 전했다.

"이건 모두 너의 것이야."

행복한 학창 시절

...

　내게도 어려운 시간 사이사이에 좋고, 행복한 시간들도 많았다. 처음에 낯선 시간과 혹독한 경험 덕에 나는 한 뼘 더 성숙했다. 그리고 어느 때부턴가 내 곁에는 돕는 사람들이 붙기 시작했다. 가장 어리고 힘들었을 때, 마치 나의 피난처인 듯했던 피아노 학원 선생님, 그리고 어려움 끝에 한 학년 올라가 5학년 때 만났던 담임 선생님, 그분은 내게 용기라는 좌우명과 작가라는 꿈을 확실하게 심어 주셨다. 그때부터 난 다시 자신감이 붙어 살아났던 것 같다.

　내겐 참으로 기적 같은 일들이 많이 있었는데, 그중 하나는 중학교 입학이었다. 내가 살던 곳은 분당 신도시 개발 전인 곳이었다. 그때만 해도 분당은 신도시가 아니고, 시골 마을이었다. 학교도 그리 많지 않았다. 그래서 자연히 중학교 입학이 고민이 되고 있었는데, 그때! 신도시 개발로 바로 집 근처에 학교가 들어선다는 소식이 선생님께로부터 전해졌다. 마치 나를 위한 학교처럼 받

대학교 때 베프와

베프와 함께

아들여겼다. 그렇게 신설 학교에 난 중학생이 되었다.

새 학교는 큰 의미가 있었다. 완전히 분위기가 쇄신된 것이다. 작은 시골 중학교 학급 분위기가 아닌, 전국 각지에서 몰려든 아이들로 구성되어 있었다. 대부분 서울에서 이사 오거나, 어느 정도 교육 수준이 높은 부모님들 밑에서 자란 아이들이었고, 그렇지 않은 아이들도 있었지만, 분명 예전과는 전혀 다른 세계가 시작되었다.

나는 그런 친구들과 잘 어울리기 시작했다. 특히, 공부 잘하고 인성 좋은 친구들이 내게 많이 다가와 줬고, 나는 별 무리 없이 그들과 학창 시절을 즐기기 시작했다. 성격도 활발해졌고, 친구들과 몰려다니며 놀러도 다니고, 우리 집으로 놀러 오기도 했었다.

나는 그때, 절친을 만나기도 했다. 그 친구와 나는 중학교 1학년 한 학기밖에 같이 다니지 못했고 다른 학교로 전학을 갔지만 짧은 시간 깊게 정이 들었다. 그래서 사람의 관계는 시간만큼 가까워지는 것보다 오래가는 것이 더 중요한 것 같다. 전학 가서 멀어졌어도 연락을 자주하고, 만나면서 지금까지도 왕래하며 둘도 없는 죽마고우가 되었다. 내게 그런 친구가 있다는 것이, 내 삶에서 얼마나 든든한 마음을 갖게 하는지 모른다.

엄마는 즐겁게만 다니라고 했다. 정말 그 말은 진심이었다. 난 최선을 다해 그 시간을 즐겼다. 책을 좋아해서 독서는 했지만, 공부는 뒷전이었다. 그래도 아무 문제가 없을 줄 알았다.

기억에 남는 하나의 아름다운 추억은, 그때만 해도 가끔 수업

끝나고 복도 청소를 했다. 모든 아이들이 교실 앞 복도로 나와 걸레질을 해야 했다. 나는 선생님이 일찍 귀가하라고 해서 먼저 집에 가려고 나섰다. 교실 밖으로 나오는데 나오는 문까지 길게 뻗은 복도 사이로 아이들이 있었고, 그 아이들은 내가 지나갈 때마다 걸레질하면서도 웃으면서, 나영아 잘가!를 외쳐 주었다. 고맙기도 하고 민망하기도 했지만, 그날의 햇살에 반짝였던 그 긴 복도의 유리창, 반들거렸던 복도 바닥, 해맑았던 나의 고마운 친구 얼굴들이 오래도록 가슴에 남았다.

중1은 그렇게 친구들과 함께였다면, 중2 때는 잊지 못할 선생님을 만나게 된다. 선생님은 수학 담당 여자 선생님이셨는데, 좀 평범하지 않으셨다. 반 배정을 받고, 첫날 조회도 안 나타나시더니, 오후 수학 시간에서야 얼굴을 뵐 수 있었다. 다른 별다른 소개도 없이 수업만 하시고, 나를 좀 바라보시는 것 같더니, 그마저도 별말씀 없이 나가셨다. 나는 갸우뚱했다.

그날 이후, 사건이 생겼다. 선생님이 나를 매일 자신의 차로 집까지 데려다 주셨다. 우리 집은 그때 아파트가 아닌, 전원주택 같은 마당 있는 한옥으로, 마을 깊숙한 곳에 자리하고 있어서 들어오는 길이 여간 좁고 편치 않았다. 그 길을 선생님은 한 해 동안 하루도 안 거르시고 날 데려다 주셨다.

학교에서는 선생님과 나의 관계를 의심하기 시작했고, 어떤 아이들은 내게 와서 선생님과 어떤 관계냐고 물었던 적도 있다. 나는 웃으며, 사제지간이지라고 말하며 웃었다.

중학교 친구들과

선생님께서 잘해 주시고, 예뻐해 주시니 다른 선생님들도 함께 덩달아 잘해 주셨다. 공부도 잘하지 못해 성적도 좋지 못하면서 이렇게 사랑받기란 어려운 일이라 생각한다.

지금 생각해도 나는 한 것이 없다. 모든 것이 은혜이고, 사랑이었다.

그러고 보니, 장애를 가진 많은 이들을 친구 부모님이 그리 썩 반기지 않으시는 일들도 많다는데, 나는 오히려 부모님들이 더 친하게 지내라고 해 주시고 예뻐해 주셨다. 참 감사한 일이다.

초등학교 때보다 중학교 시간은 내게 축복의 시간이었던 것 같다. 그때만 생각하면 지금도 웃음이 나온다. 유일하게 아무 고민이 없던 때인 것 같고, 억지로 할 수 없는 기적 같은 일이었다.

중2 때, 선생님께는 지금도 연락드리며 지내는데 늘 딸처럼 날 사랑해 주심에 감사드린다. 내가 해 드린 것이 있다면, 고1 스승의 날, 기숙사에서 난생처음 버스를 혼자 타고, 선생님을 찾아갔던 일! 달리는 버스를 뛰어서 잡아탔던 기억이 지금 머리에 스친다. 그날 날 보며 소스라치게 놀라시던 선생님의 얼굴이 떠오른다. 그날 이후, 선생님은 미국으로 이민을 가셨어도 나오실 때마다 날 보고 가시곤 했다. 지금까지도 왕래를 하고 지내는 사이이다.

나는 축복받은 사람이다. 그것은 틀림없다.

질풍노도의 고요함

...

늘 행복한 시간은 짧고 빠르게 지나간다. 같은 시간인데도 그렇게 느껴지는 것이겠지. 중학교를 입학해 행복한 학창 시절을 보낸 나는 이제 졸업반이 되었다.

참 어리석게 아무 생각 없이 즐겁게만 살아오다가, 3학년의 문이 열리자 학급 분위기는 완전히 달라졌다.

그 당시 고입도 상대평가로 성적에 맞춰 원서를 내고 들어가야 할 때였다. 입시 경쟁이 그야말로 대입처럼 치열했던 것같이 느껴졌다. 나는 갑자기 소위 말하는 멘붕이 왔다.

공부를 해 왔던 것이 없어 기초 학습이 전혀 되어 있지 않았고, 시작하기엔 너무 늦은 것 같았다. 교실 분위기도 정말 살벌할 정도로 삭막했다.

어느 선생님께서 지금 이 순간에 너희가 용의 꼬리가 될 것인지, 뱀의 머리가 될 것인지 결정해야 하는 순간이라고 하셨고, 그 말을 들은 나는 더욱 압박감이 커져 가고 있었다.

암기과목만 해도 소용없는 듯했고, 나름 노력을 해서 암기해서 쪽지시험을 봐도 정해진 시간 동안 채우지 못해 그대로 제출하는 시간들이 반복되면서, 나는 점점 좌절감과 깊은 고민이 시작되었다.

또 하나의 어려움은, 독서실 같은 위화감이 감도는 고요한 교실은 내 몸을 더 긴장하게 만들었고, 강직이 심해져서 호흡이 어려워지기도 해서 혼자 낑낑대고 견뎌 내야 하는데, 그 고통스러운 순간조차 곁에 공부하고 있는 친구들에게 방해가 된다는 사실이 날 너무 비참하게 만들었다.

어려서 그랬는지도 모르지만, 그땐 내 장애가, 내 삶이 그토록 무겁고 싫었을 때가 없었다. 사춘기와 맞물려서 더 그랬는지 몰라도 나의 고민의 행보는 심각했다.

강직이 가슴으로 매번 왔고, 그때마다 호흡이 어려워졌고, 끝내 양호실로 갔다가 응급실로 간 적도 있었다.

나는 그때부터 모든 것을 놓아 버리고 싶었다. 그 좋던 친구들, 선생님들, 가족들도 내겐 아무런 위로가 되어 주지 못했다. 부모님은 부담 갖지 말고, 되는 대로 하면 된다고 나를 설득했지만, 나는 전혀 그 말이 들리지 않았다.

다시, 어린 시절 외톨이가 되었고, 스스로 철저한 혼자가 되어 날 바라보고 싶었다. 그래야만, 내 앞날의 길을 어떻게 갈 것인가가 보일 것만 같았다.

문제는 학교도 가기 싫었다. 공부도 못하고, 가서 아이들에게 방해만 되는데, 가면 무엇하나 하는 심정으로 학교 가기를 포기했고, 그때부터 부모님과 선생님은 그야말로 전쟁이 시작되었다.

다행히 정말 인자하신 담임 선생님을 만나서 다행이라면 다행이라 할 수 있을 것이다.

나의 중3 결석일은 40일! 선생님은 마지못해 내놓은 마지막 방법이었다. 이것을 넘으면 난 졸업할 수 없었다.

말이 40일이지, 정말 가뭄에 콩 나듯 학교에 간 것이다. 선생님은 내게 여러 학교도 알아봐 주시고, 인문계만이 아닌 다른 계열 학교도 추천해 주셨다. 하지만 나는 그런 길로 내 진로를 선택하고 싶지 않았다.

나는 글을 쓰는 작가가 되고 싶은데, 그 꿈을 이루려면 어떤 길로 가야 하는가? 비단 꿈만이 아니라, 내 자신을 온전히 지키고 책임지고 올곧게 설 수 있는 방법을 정말 밤낮없이 생각하고 고민했다. 부모님 속은 말 안 해도 피가 마르셨을 것이다. 내가 그토록 속 썩여 본 적은 아픈 것 빼고는 처음이었을 것이다.

나도 알지만 어쩔 수 없었다. 내 인생이 걸린 문제였으니까.

나는 오래도록 고민 끝에 여기서 원하지도 않는 곳에 가서 억지로 살아가느니, 차라리 나와 같은 조건에 있는 친구들과 함께 공부하며 이 길을 헤쳐 나가는 것이 가장 좋은 방법이라 생각했다.

사실, 내 안에서 많은 갈등이 있었던 것이 초등학교 때 일반 학교로 오며 다신 돌아가지 않겠다는 약속과 결심을 어기는 일 같고, 마치 패배하여 다시 피난처같이 도망간다고 보여질 수 있다는 것이었다.

하지만, 난 맹세할 수 있다. 모든 걸 포기하려고 그곳을 택한 것이 아니라, 다시 나만의 방식으로 시작해 보고 싶고, 기숙사로 들어가 홀로서기도 해 보고 싶었다. 그래서 정말 그곳에서 내 미래의 길을 찾고, 내 꿈을 이루고 싶었다.

참 신기하고 고맙게도 가끔 출석할 때마다 친구들은 나를 싫어하지 않고, 반겨 주었고, 틈틈이 교내 글짓기에 써낸 글들이 뽑혀 갈 때마다 우연찮게 상도 받아 왔다. 친구들에게 내 결정을 알렸을 때, 그들은 아쉬워하며 너무 멀리 간다며 안타까워해 주었다. 참 고맙고 따뜻한 추억이다.

마음이 편한 상태로 졸업고사를 치러서 그런지, 성적이 많이 오른 사람에게 주는 상과 졸업생 반 대표로 한 명씩 단상에 올라가 받게 되는 상이 있었는데, 내가 우리 반 대표로 자립상을 받게 되었다.

졸업식 날, 전교생 앞에서 엄마 부축을 받으며 상을 받을 때, 단상 아래 전교생들이 우레와 같은 박수와 환호로 축하해 주었고, 나도 나지만 엄마가 오래도록 그때의 감격을 잊지 못하시고 가끔 이야기하신다.

나의 질풍노도의 고독하고 고요한 시간은 그렇게 벅차게 마무리되었다.

뜻밖의 선택

...

　나의 선택은 내가 생각해도 뜻밖의 선택이었다. 너무 쉽고, 단순하게, 혹은 만만하게 이 길을 선택했을까? 그것은 아니었다.

　하지만 생각한 대로, 예상한 대로는 결코 아닌 현실이 기다리고 있었다. 옛날 그 어릴 때, 다니던 꼬마 시절 학교를 생각했다면 그건 아주 큰 오산이었다. 내가 택한 이곳에 오기로 결정하고 상담을 받던 날을 잊을 수 없다. 날씨가 아주 흐리고, 요란스럽게 비바람이 휘몰아쳤다. 뭔가 범상치 않은 앞날을 예견해 주는 듯했다. 엄마는 내게 이렇게 말씀하셨다.

　"네 인생이 이렇게 변하는구나."

　그곳은 기숙사가 있었고, 생각보다 더 그들 나름대로 연대와 규칙이 있고, 그들만의 자리를 지키려는 확고한 텃세가 있었다.

　다행인지, 불행인지 내가 들어간 해에, 새로 입학한 학생들이 평년도보다 많았다고 했다. 하지만, 집을 떠나 또 오랜만에 마주한 낯선 풍경과 환경은 참 쉽지 않았다. 이곳조차도 적응은 오래 걸

릴 것 같았다.

운명처럼, 입학고사를 혼자 독서실에서 보게 되었는데, 어떤 남자 선생님이 다리를 절뚝이며 오셔서 시험지를 주시고, 시험 감독을 해 주셨다. 선생님은 내게 웃으며 말씀하셨다.

"대충 봐."

내게 긴장을 풀어 주려고 한마디 툭 던지고는 멀리 가시더니 의자 몇 개를 연결해 거기에 누우셨다. 나는 뭐지? 하는 마음으로, 서둘러 시험을 치렀다.

며칠 후, 그날 그 선생님은 국어 선생님이셨다. 소아마비로 한쪽 다리를 절으셨지만, 강단 있고 어쩐지 나와 인연이 있을 것 같은 느낌이 들었다.

내가 그곳이 힘들었고, 그곳에서 깨달은 게 있다면 사람은 조건이나 외모, 뭐 다른 환경이 같아야 통하는 것이 아니라, 어느 곳이던 서로 마음이 통해야 그곳이 편해질 수 있다는 것이다.

사실, 일반 학교에서 초창기만 빼고는, 돌이켜 보면 내게 많은 이들이 다가와 줬고, 내가 다가갈 일이 별로 없었다. 그런데 이곳에 와 보니, 내가 먼저 다가가 말도 하고, 적극적인 모습으로 행동해야 하는데, 그것이 너무 어려웠다. 이러다 이곳에서조차 적응을 못한다면 난 끝장인데, 어쩌나 싶었다.

뜻밖의 선택을 한 첫 시험대인 셈이었다. 한 학기 정도는 고생을 한 것 같다. 위기도 있었고, 그러다가 내게 천사가 보내졌다. 마치 내가 널 도우러 왔노라 하고 말하는 것 같던 그분! 바로 교생 선생님이셨다. 특수교육과 대학 졸업반이어서 교생 실습을 나오셨고, 그 시기가 딱 맞물리면서 그분은 내가 그곳에 정착할 수 있도록 도와주셨다. 그분은 교사가 아닌 수녀님이 되셨고, 얼마 전 연락이 닿아 반갑게 조우했다. 인연이란 참 신기하고 놀라운 것이다.

교생 수업을 마치고 돌아가실 때, 내게 써 주신 글귀가 생각난다.

'우리 살아가다 너무 힘들 땐, 울기도 하고 조금씩 쉬어 가자.'

내게 수호천사 역할을 마치시고 그렇게 떠나셨다.

나는 그곳에 스며들기 시작했고, 내 자리를 만들어 가기 시작했다. 이제 서서히 내 계획을 하나하나 풀어 나갈 시간이 다가오고 있었다.

일단, 이곳에서 성적을 좀 받아 내신이라도 좋게 만들기 원했지만, 원하던 대로는 되지 못해 속상했다. 하지만 열심히, 성실히 노력했다.

그리고 나는 글로 성과를 쌓아야 한다는 생각에 끊임없는 독서와 소설 쓰기, 독후감 쓰기, 글짓기 등, 닥치는 대로 습작을 했고, 모든 글에 교정과 수정은 국어 선생님이 맡아 주셨다.

방학 때는 하루에 다섯 시간씩 글을 써 가며, 그때부터 장편을 쓰기 연습했고, 선생님은 그 글을 다 봐주시고, 고쳐 주시면서 각종 대회에 하나씩 넣어 주셨다. 그래서 언제부턴가 전국 글에 관한 공모는 열심히 참여해서 수상 실적을 하나하나 쌓아 나갔다.

고등학교 전국장애아 작품전시회 시상식

어느 날부터 교내 작은 도서실을 담당하시는 선생님께서 도서실 열쇠를 내게 맡기시고, 자유롭게 사용하라고 하셨고, 그때부터 하교 후, 나는 그곳에 머물며 오랜 시간 많은 것을 준비했던 기억이 난다.

그 열정으로 신문사 대회, 재단 대회, 전국 백일장까지 도전했다. 실력은 실로 부족했지만, 열정만큼은 내가 생각해도 대단했던 것 같다. 결과도 나름 흡족하게 나왔다.

나는 고 1때부터 남산도서관이 주최하는 독후감 대회 입상을 시작으로, 중앙일보가 주최하던 전국독후감대회에서 특수학교 학생은 나를 포함한 중등부에서 한 명이 더 입상하는 쾌거도 안겼다. 내가 정말 용기를 내서 나간 전국여고생백일장은 성신여대에서 열렸는데, 천 명 넘게 모였다. 그중 35명 안에 들어 입상했다.

긴장되지 않았다면 거짓말이지만, 이 길만이 나의 길이고 방법이라고 생각하니, 할 수밖에 없었다.

내가 그렇게 할 수 있었던 건, 선생님들의 가르침과 믿음, 그리고 조력해 주신 덕분이다.

전국대회에 서슴지 않고 나간다고 할 때마다, 그런 모습이 기특하다며 격려해 주신 것이 내겐 무엇보다 큰 힘이었고, 용기의 자원이었다.

지금도 늘 감사함을 안고 살아가고 있다.

문학 특기자

...

　한동안 즐겨 보던 프로그램 중에 주인공이 꿈을 향해 고군분투하는 내용이 담겨 있다. 시대가 내가 지나온 때와 비슷한 IMF 때인 것 같아 유심히 보게 되었다.
　이런 대사가 나온다.

　'시대가 너의 꿈을 막았다. 시대는 너의 꿈도 빼앗을 수 있고, 너희 가정도, 모든 걸 바꿀 수 있다.'

　나는 그 대사를 놓고 다른 생각을 해 봤다.

　'그런 시대가 너를 도울 수 있을지도 모른다'

　같은 시대를 함께 걸어온 사람으로서, 그리고 나름 핸디캡을 갖고 있는 자로서 그때, 그리고 그 나이에 모든 이들은 자신의 꿈을 꾸고 이루기 어려운 때였다.

하지만 주인공처럼 현실에 나를 맞추지 않고, 포기하지 않으며 끝까지 이루는 모습이 더 감동스러운 것일 것이다.

그 모습을 보며, 나도 다시 한 번 생각해 보았다.

객관적으로 지금의 나를 생각해 보면, 과거 나의 모습치곤 꽤 잘된 케이스라고 볼 수 있다.

그렇게 보는 주변인들도 많을 것이다. 그런 반응에 솔직히 부끄럽기도 하고 민망할 때도 있다.

물론, 나도 보이지 않게 노력했다. 죽을 만큼 해 봤다고 말할 수 있을 정도다. 그러나 그 노력으로 다 된 것이라고 생각하지 않는다.

잠도 거의 안 자고, 워드를 치면서 뒤로 넘어갈 것 같은 순간들을 수없이 넘기며 각종 백일장과 공모전을 차근차근 치루면서 준비하던 그때….

'하나만 잘하면 대학 간다'의 정부 교육정책 발표였다.

시대가 나의 꿈을 도왔다.

나는 하나님을 믿는 사람이기에 하나님이 해 주신 것이라 믿는다. 어느 시대이던 어렵다. 우리에게 위기가 아닌 적은 없고, 어렵지 않은 때… 별로 없었다. 중요한 건 의지와 확신, 그리고 인내다.

세대가 달라졌고, 아무리 노력해도 되지 않는 시스템이 있다는 것도 안다. 하지만… 하늘은 스스로 돕는 자를 돕는다고 했다. 스스로 돕는다… 혼자 노력하고 있는 것이다. 꾸준히! 사실 꿈을 이루고, 다른 이가 보기에 생각보다 잘 되어 보여도, 지금도 역시 어렵고, 여전히 힘들다.

왜 이것밖에 되지 않나 하는 회의마저 들 때….

나는 생각한다.

초등학교를 졸업하고, 일반 중학교가 멀어 어디로 가야 하나 할 때, 갑자기 신도시 개발로 집 근처에 학교가 생겼고, 특수학교 고등학교에서 저렇게 문학특기자 전형이 생겼다.

앞서 말했듯 일반 중학교를 졸업하고, 그저 평이하거나 좀 낮추어 일반 고등학교로 진학할 수 있었지만, 내 생각은 좀 달랐다.

일반 학교를 다니며 즐거운 학창 시절도 제법 즐길 줄 알던 나의 상태에서 그저 그렇게 즐기는 인생으로 살아가기는 싫었다.

나는 특수학교로 갔고, 모두 뜻밖의 선택에 의아해했다. 대학 진학은 모두 생각도 안 하는 줄 알았을 것이다.

하지만 나는 그곳에서 내 스스로 일구어 대학을 가려고 처음부터 간 것이었다.

현실은 보통 의견대로 어려웠다.

나는 그곳에서 밤마다 기도했다.

내가 할 수 있는 노력을 하고, 계획을 세웠다. 하나하나 일구어 가다 보니, 갑자기 저렇게 입시 방안이 달라졌다.

특기자 입학의 문이 열렸고, 내겐 이루 말할 수 없는 절호의 기회였다.

하지만 내 자신도 놀라고 당황스럽게도, 내게 너무 큰 문을 열어 놓아 주셨다.

언감생심 꿈도 못 꿀 학교를 버젓이 내가 충분히 들어갈 수 있도록 상상도 못할 파격적인 입시 조건으로 만들어 놓으셨다.

상처받을까 만류하는 사람들도 있었지만 난, 용기를 내어 도전했다. 원서를 내고 소위 말하는 명문대 K대 문학특기자 전형 1차를 통과했다.

2, 3차 면접과 실기에 참여했고, 그날 내 눈에 거대한 성 같은 곳의 레드 깃발!

지금도 그때 느낀 그곳의 위압감은 잊을 수가 없다.

면접을 대기하고 있는 과정에서 내게 누군가가 찾아왔다.

일간지 신문기자인데, 어떻게 알고 왔는지 인터뷰를 청했다.

나이는 어렸지만, 사실 그 순간 그것이 나에게 정말 또다시 찾아온 특급 기회일 것이라는 생각을 할 수밖에 없었다.

난 고민했다… 짧고도 깊게!

결론부터 말하자면 거절했다.

그날… 돌아오는 길, 첫눈이 내렸다. 그 눈을 보며 참 많은 생각을 했던 기억이 난다.

내가 그런 결정을 내린 이유는 하나였다. 인생의 시작과도 같은 대학 입시를, 그리고 내 인생을 어떤 행운에 편승하고 싶지 않았다. 떳떳하고 부끄럽지 않게 시작하고 살아가고 싶었다.

결과는, 난 그곳에서 최종적으로 보기 좋게 떨어졌다. 사실 인터뷰에 응했어도 모르는 일이긴 하다. 마치 일장춘몽과 같은 나의 추억이다.

이따금 그때 생각이 난다. 그때 내가 놓아 버린 그것이… 그렇게 놓지 못하도록… 모두들 그리도 탐이 나 무슨 수를 써서라도 갖고 싶어 했던 것일 수도 있었다는 것을….

하지만 안타깝고 분명한 건, 내 인생의 주인공은 그런 장식으로 치장된 내가 아니라….

그저 나이어야 한다는 것이다.

아무리 갖고 싶어도. 내 부끄러움을 알고, 정직을 지키는 삶….

그것이 아무리 생각해도 맞는 것 같다.

젊음을 가진 이들이 그런 정직한 고통을 즐길 줄 알았으면 좋겠다.

문학도의 삶

...

한 번의 기적과 같은 일이 폭풍처럼 지나가고, 내겐 선택의 대가가 생각보다 컸다. 어쩌면 그것이 현실적인 나의 수준이었는지도 모르겠다. 입시를 치루며 안 해 본 것이 없을 정도로 정말 해 볼 수 있는 것은 다해 봤다. 결국, 어렵사리 지방대 한 대학에 문학 특기자 정시로 3명 모집에 합격했다. 내가 원하고 목표였던 인서울은 못해 아쉬웠지만, 4년제 대학에 문학을 공부하는 문학도가 되었으니, 이것으로 감사하고 만족하려 했다.

그러나 참 인생은 계획대로 되지 않는다. 학교를 다닐수록 이곳은 다른 곳에 비해 정말 나와는 맞지 않았다. 처음에는 다 그랬듯 여기도 초반에 어려운 것일 것이라 여기며 이겨 내려고 했지만, 내겐 어려움이 한두 가지가 아니게 다가왔다.
일단, 그곳 사람들과 맞지 않았다. 어떻게 다 맞을 수 있겠냐마는, 나의 성향과 상식으로 도저히 납득이 안 되는 행동들을 하는

대학 시절

대학 졸업 교수님과

친구들과

학과 단체사진

엄마와 학사모   대학 졸업 가족사진

것을 받아들이기 어려웠다. 예를 들어, 아주 기본적인 매너라고 보는데, 가끔 예기치 않게 휴강을 하는 경우, 나는 모르고 강의실로 올라가고, 같은 동기들과 마주쳤는데도 아무 말 없이 내려가는 일이 빈번했다. 이건 아주 소소한 일일 뿐이다.

교우관계도 물론이거니와 그곳의 교육 방식이 나와는 맞지 않았던 것 같다. 분명 그들도 나를 배려한다고 하는데도, 나는 그 배려가 전혀 고맙게 느껴지지 않았으니 말이다.

또한, 학교가 시설이 좀 안 좋아 장애인 시설은 전혀 되어 있지 않았고, 그때만 해도 보행이 가능했으니 열심히 다녔다. 하지만 기숙사와 식당은 거의 끝과 끝에 있었고, 계단이 많아 그 계단을 오르고 내리면서 생명의 위협마저 느껴 본 적이 한두 번이 아니었다. 학교를 그만두어야 하느냐까지 심각하게 고민하던 중, 그만두기 전 휴학을 한 번 하고 일단 시간을 벌어 보자고 결정했다.

어려운 결정이었다. 그런데 그 휴학 기간 동안 우연히 교양 수업을 함께 들었던 한 후배에게 연락이 와서 만나게 되었다. 자신도 휴학 중인데, 편입을 준비하고 있다고 하면서 내게도 편입을 권했다. 나도 어렴풋이 편입이라는 제도가 있는 걸 알고 있었지만, 굉장히 어렵고 수능을 다시 봐서 재수하는 게 더 낫다는 이야기마저 들은 터라 내겐 어림도 없는 일이라 생각했다. 그런데 후배 말로는 내 조건이면 가능할 수 있다고 하는 것이었다. 일단, 성적이 좋은 편이었다. 장학금은 쭉 받고 다니던 때라 학점 관리는 잘된 편이었다. 문제는 영어인데, 나도 그날 이후, 관심이 생겨 알아봤

더니 영어 대신 실기를 보는 학교가 몇 군데 있었던 것이다.

　나는 또 도전할 수밖에 없었다.

　물론, 그곳에서 얻은 것도 있다. 어느 곳이던 배울 점은 있기 마련이지 않는가? 나는 그곳에 계신 유명 소설가이신 교수님께 글의 구성작법을 배워 왔었고, 그 교수님이 언젠가 나를 따로 불러서 동화를 써 보는 게 좋을 것 같다고 하셨다. 나는 당시 소설가가 되고 싶었는데, 생각도 해 본 적 없는 동화라니, 좀처럼 나를 위한 조언을 조언으로 받지 못했다. 하지만 시간이 좀 지난 뒤, 알게 되었다. 내가 그곳에서 얻은 가장 큰 수확물이라는 것을 말이다.

　휴학 기간 편입을 준비했고, 몇 군데 시험을 보았다. 다행히 두 곳에서 합격을 했고, 그중 선택한 학교도 우연찮게도 정원 3명 모집이었고, 이 학교가 내가 졸업한 단국대학교였다. 나의 대학 시절은 이제부터였다.

꿈의 변환

...

참 신기하게도 옮겨 간 그 자리가 내 자리였나 보다. 그토록 어렵던 적응이 이곳에서는 첫날부터 되어 가는 느낌이었다. 학우들도 친절하게 안내해 주고, 어울릴 수 있도록 도와주었다. 어느 교수님은 내게 복학을 한 것이냐 묻기도 했고, 어느 교수님들은 3학년인 나를 왜 이제 본 것이냐고 의아해하셨다. 나는 내 자리를 어렵게 찾은 느낌이었다. 이 좋은 시간이 짧은 것이 아쉽기만 했다. 정말 열심히 학업에 열중했다. 학부 3학년은 과제가 가장 많은 시기이다. 나는 정말 잠을 거의 안 잘 정도로 했다. 마치 뱀파이어처럼 살았다. 학우들도 혀를 내두를 정도로 과제를 밀린 적이 없다. 어느 순간에는 한 손으로 워드를 치면서 나도 모르게 뒤로 넘어갈 정도로 작업했고, 발가락에 쥐가 나 화장실에서 풀릴 때까지 주저앉아 있었던 적도 자주였다.

그러나 그렇게 힘들고 피곤해도 행복했다. 이제 정말 내 진로를 명확하고 정확하게 정해야 할 시간이 왔다. 헤르만 헤세를 좋아

하고, 데미안 같은 소설을 쓰고 싶어서 난 여전히 소설가가 되고 싶었지만, 옮겨 온 이곳 교수님들도 내게 동화, 아동문학을 권유해 주셨다.

나는 이제 결정을 해야 했다. 내가 하고 싶은 것과 내가 잘할 수 있는 것이 동일하면 좋겠지만, 다르다면 후자 쪽을 선택해야 한다고 결정했다.

동화라고 하면 어린아이를 대상으로 하기 때문에 더 쉽게 다가갈 수 있다고 생각하지만 정말 그렇지 않다.

동화를 공부하고 쓸수록 더 깨닫는다. 어린아이의 순수성을 지켜 주며 그 아이들이 가진 그 아름답고 진실한 희망을 이루도록 지켜 줘야 하는 문학이 아동문학이라고 생각한다.

그렇기에 어쩌면 나의 현실에 동화를 쓰는 일은 더 잔인한 일일 수도 있다. 그래서 슬픈 적도 있지만, 다시 생각을 돌려 보니 어쩌면 이 작업을 통해 오히려 내 삶이 더 밝아지고 있는 것인지도 모른다. 그렇다면 내겐 축복일지 모른다.

본격적으로 진로를 정하고 내가 열심히 하려고 드니 정말 여러 선생님들이 도와주시고 가르쳐 주셨다.

학부 때 가르쳐 주신 신현득 선생님. 오직 아동문학 길만을 걸어오신 선생님은 지난해 아동문학가로서 보훈훈장을 받으신 훌륭하신 분이다. 그런 분이 나를 잘 보시고 작가로 만들어 주고 싶어서 졸업 후에도 개인적으로 연락해 주시고 정말 새벽마다 1대

대학원 준비 시절

1 코칭을 해 주셨다.

졸업 전, 학부 수업으로 부족한 것 같아 한우리 강좌를 한번 들었는데, 그때 만난 강정규 선생님도 큰 가르침을 주셨고, 고등 학교 때 전국 백일장에서 인연이 된 평론가 정선혜 선생님은 내게 갖가지 정보와 내 인생의 책, 토마스 만의 「요셉과 그 형제들」을 소개해 주신 분이다. 편입 후 우연히 학우 소개로 가입하게 된 다음 카페에서 글을 주고받다가 인연이 시작된 조태봉 선생님까지 나를 그분들이 키워 주신 것이고 그분들이 없었다면 나는 이 자리에 있지 못했을 것이다.

그분들의 사사를 받으며 나는 정말 열심히 노력하며 동화의 세상 속, 이 아름답고 잔인한 길에 들어섰다.

학부를 마치고 동화를 더 공부하고 싶다면 문학 쪽으로 동대 학원에 진학할 수 있지만, 나는 생각이 좀 달랐다. 「나니아 연대기」의 저자 C.S. 루이스나 「반지의 제왕」 저자인 J.R.R. 톨킨은 신학자였다.

나는 이 분야로 더 공부하고 싶어 이화여대 대학원 기독교학과에 입학했다.

풍요와 가난 속에서

...

 내가 대학을 졸업할 때까지 아버지 사업은 번창하고 유지되고 있었다. 덕분에 나는 제법 부유하게 자랐다. 모자람을 못 느낄 정도였으니까. 그런데 아버지 사업은 아마도 내가 고등학교 시절 IMF 때의 여파가 있었나 보다. 그래도 다행히 잘 유지되고 있었는데, 새로운 사업을 시작하시는 게 삐거덕되면서 그 사업이 무산 위기에 놓였고, 그 여파로 줄줄이 막히기 시작했다.

 아버지는 무슨 수를 써서라도 학비는 해 줄 테니 걱정 말고 계획대로 추진하라고 하셨고, 난 안심하며 굳게 믿고 대학원을 준비했고, 졸업 전에 이대 대학원에 합격했다. 타 학교, 그것도 다른 전공자 출신을 받아 주는 일은 극히 드문 일이라고 들었는데, 난 그곳을 가기 위해 정말 철저히 준비했고 학업계획서와 면접을 통해 나의 뜻이 전달된 듯하다.

 정말 기쁘고 뿌듯한 마음으로 졸업을 했고, 우리 가족은 정말 행복했다.

하지만 기쁨이 너무 컸던 탓일까! 가세는 무섭게 기울기 시작했고, 더는 버틸 수 없을 지경에 다다르게 되었다. 나도 집안이 거의 몰락 수준인데 더 이상 버틸 수 없었다. 결단을 내려야 했다. 나를 아껴 주시는 목사님은 교회 장학재단을 통해 학비를 지원해 주시겠다고까지 했지만, 도저히 그것으로 해결될 일이 아니었다. 뼈 아프지만 대학원은 접어야 했다.

과감히 내려놓았고, 가정주부였던 엄마는 생활전선에 뛰어들어야 했으며, 나는 진정 혼자가 되었다.

미련 없이 버렸다고, 후회하지 않는다고 생각했는데, 그 충격은 고스란히 몸으로 오고 말았다. 어느 날 얼굴이 이상했다. 스트레스성 구안와사가 왔다. 정말 절망적이었다.

얼마 동안 치료를 받으며 회복해 나갔다. 한동안 이유 모를 이유로 정신을 놓고 기절한 적도 부지기수다. 그러나 난 또 일어나고, 집에 박혀 철저한 혼자였다. 그 순간에 그렇게 무너질 순 없었다.

나는 혼자 다시 책을 잡고 글을 쓰기 시작했다. 그때가 20대 후반이었다. 거의 하루를 혼자 일어나 혼자 끼니를 대충 때우고 대부분 시간은 작업에 몰두했다.

집은 이제 지하방까지 내려갔다. 태어나 가난이라는 것이 어떤 것인지 겪어 보는 시간이었다.

빈 주머니 속에서 손가락만 허우적대고 있는 그 허탈함과 슬픔

부모님과 함께

『서울신문』과 『기독신문』 인터뷰

檀大新聞

≡ 보도 취업 종합 문화 학술 교양 사람 오피니언 기획·르포 영상 신문사소개

단국 Outside 뉴스브리핑

HOME > NS > NS

서울신문 신춘문예 동화부분 당선 이나영(문예창작·00졸) 동문

👤 김유진 기자 | 승인 2010.04.07 18:56 | 호수 1272 | 댓글 0

┃ 웃음이 아름다운 것은 눈물이 있기 때문

왕위 뺏긴 햇살 왕자, 사랑·용서로 운명을 받아들였지요

 이주일의 어린이 책

햇살 왕자

나영 지음/이영선 그림
청개구리/136쪽/1만원

수양대군이 조카 단종을 몰아내고 왕위를 찬탈한 역사적 사실을 사랑과 용서의 관점에서 재해석했다. 역사적 배경은 당시를 재현하고 있지만 단종을 '햇살 왕자'로, 수양대군을 '성 숙부'로, 김종서를 '한신 대감'으로 허구화함으로써 독특한 단종 이야기를 엮어냈다. 작가는 "역사를 통해 지금껏 알아오던 이야기에서 벗어나 새롭게 써보고 싶었다"며 "순수하고 아름다운 눈으로 세상을 바라보는 그 영혼의 모습을 보여주고 싶었다"고 말했다.
어린 왕의 내면에 초점을 맞춰 이야기를 풀고

나가는 게 특징이다. 어린 나이에 왕이 돼 권력을 가질 수 없었고, 천하를 호령하는 숙부와 신하들의 틈바구니에서 좌절과 고뇌를 겪어야 했던 어린 왕의 심리를 세밀하게 포착했다. '나이든 신하들과 어린 왕! 많은 것을 알고 있는 그들과 겨우 앉아가기 시작하는 나! 그러나 그들은 나를 왕으로 모셔야 하고, 나는 그들을 아끼어야 한다. 언제쯤이면 그렇게 될 수 있을까?' (19쪽)
작가는 이런 어린 왕의 내면 묘사를 통해 반역에 희생당한 나약한 왕이 아니라 자신의 운명을 받아들임으로써 누구보다 당당하고 정의로운 군왕의 모습을 그려냈다. 작품 속 어린 왕은 어린이들에게 진정으로 가치 있는 삶이란 무엇인지, 사랑과 용서의 진정한 의미는 무엇인지, 정의롭지 못한 것이 세상을 얼마나 아프게 하는지에 대해 되새겨보게 한다. 2010년 서울신문 신춘문예로 등단한 작가의 첫 장편동화다. 초등 고학년.

김승훈 기자 hunnam@seoul.co.kr

『단대신문』과 『서울신문』 기사

?

은 두려움마저 느끼게 했다.

지나고 나니, 작가에겐 가난도, 풍부도, 기쁨도 아픔도 모두 자산이 되는 것 같다. 사실 그 당시는 이런 말이 제일 싫기도 했다.

나는 그렇게 지하방에서 혼자 보내는 시간 동안 내일 세상이 무너진다 해도 한 그루의 사과나무를 심겠다는 스피노자의 명언을 되새기며 글을 썼다.

내 삶에 가장 낮은 자리에서 가장 높은 자리를 얻었다. 그곳에서 신춘문예 당선 소식을 들은 것이다.

나의 책들

...

신춘문예가 당선되고 어려움 가운데서도, 이번이 일생에서 최고의 기회라고 생각했다. 그래서 형편은 어려웠지만, 상금을 들고 오랫동안 꿈꾸던 미국 여행을 강행했다.

장애가 있는 젊은 여성 혼자 외국을 간다 하니, 부모님 걱정이 이만저만이 아니셨지만, 난 뜻을 굽히지 않았다. 결국 설득하여 허락을 받고, 드디어 떠났다. 그곳은 내가 생각했던 것에 반은 기대 이상이었고, 반은 조금 실망감도 있었다.

하지만 내가 한 가지 강렬하게 얻어 온 영감이라고 할 수 있는 것이라면, 그곳에서 만난 미국인 목사님의 얼굴을 마주하며, 그의 눈을 바라보았을 때, 그 눈동자 속에서 난 푸르고 신비한 우주를 보았고, 눈동자 속에 푸석한 하얀 달나라에 발을 내딛고 있는 듯 보였다. 너무도 강렬한 그 기억을 언젠가 꼭 글로 써 보겠노라고 다짐하고, 가슴속에 깊게 품고 돌아왔다.

작가가 되었지만, 책을 출간하는 일은 쉽지 않았다. 내 글이 부족함을 인정할 수밖에 없는 부분이다. 그래도 꾸준히 노력하고 길을 찾아보던 중, 장애인창작지원 출간 공모를 통해 선정되어 당선된 지 7년 만에 첫 책을 내놓았다.

첫 책, 「햇살 왕자」는 팩션 역사 동화로서 조선의 왕이었던 단종의 삶을 모티브로, 어린 왕의 비극적 삶을 다른 각도로 어린이에게 보여 주고 싶었던 작품이다. 역사적 사실을 재해석한다는 것이, 생각보다 더 어려웠다. 그리고 역사의 인물을 하나하나 다 다른 캐릭터로 만들어 연결시키고, 비운하게 살다 죽어 간 어린 왕을, 그저 표면적으로 보는 것이 아니라, 그 어린 왕의 내면을 보여 주고 싶었다. 단종에 대해 조사하고 공부하며 그의 이름, 이홍위! 한자로 넓을 홍에 햇빛 위를 썼다는 것을 착안하여, 동화 제목을 '햇살 왕자'라고 정했다. 나의 첫 자식인 이 작품은 내게 모두가 슬프게 보는 한 인생이, 어쩌면 그렇게 슬프지 않고, 자신의 삶에 충실함을 보여 주며 그것으로 죽음까지도 의연하게 맞이할 수 있었을 것이라고 생각하며 썼다. 감사하게도 추천도서로도 선정되고, 교과 연계도 되어 기뻤다. 판매부수는 아쉽지만, 늘 책을 내며 그 부분은 내 영역이 아니라고 선을 긋는다.

나는 이어 다시 한 번 장편에 도전했다. 바로 이 작품이 앞서 말한 미국 여행에서 품고 온 이야기다. 「푸른 눈의 세상」이다. 내가 보고 받았던 그 영감 속 푸른 눈을 어떻게 풀어낼까 고민하다가,

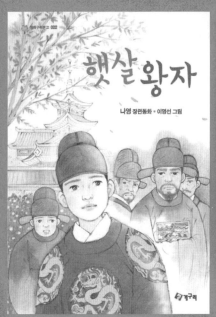

「햇살 왕자」   「푸른 눈의 세상」

『함께걸음』인터뷰

인터뷰 녹화

「아동문학세상」신인문학상 시상식

이 시점을 구한말 한 소년의 시선으로 풀어내면 어떨까 싶었다. 지금 현대를 살아가는 나도, 난생처음 외국인을 보며 그토록 놀라웠는데, 만약 그 당시 조선의 소년이 서구인의 눈을 마주했을 때, 그 놀라움과 경이로움은 막연한 동경으로 이어질 수 있고, 그 동경의 힘이 동력이 되어, 일제 치하로 쓰러져 가는 나라에서 새로운 세상을 만날 수 있다는 희망의 메시지를 담고 싶었다. 사실, 가장 기대가 컸던 작품이고, 창작할 때만 해도 술술 잘 풀린다고 생각하며 써 갔다. 하지만 이 책처럼 반응이 다르고, 교정과 수정, 편집 과정에서 충돌이 많은 적은 없었던 것 같았다. 아마도 내가 바라본 신비로움을 글로 담기엔 내 실력이 부족했던 모양이다. 다행히 산고 끝에 출간되었고, 운명처럼 이 책은 3.1운동과 상해 임시정부 수립 100주년 기념 해에 출간되어 뜻깊었다. 이 책 또한 이 세상에 나와 주어 지금도 자신의 노릇을 톡톡히 하고 있음에 만족하고 뿌듯하다.

두 편의 장편을 쓰고, 조금 힘에 부치기도 하고, 작가로서 많은 생각이 들었다. 나는 진정 작가로서 재질이 있으며, 계속 이대로 글을 쓰고, 책을 내도 되는 것일까를 고민하게 했다.

부족한 상태였지만, 청탁 원고는 꾸준히 들어와 발표하고 있었다. 어느새 발표한 작품들이 서른 편이 넘어가고 있었다. 그때, 단편집을 내보라는 권유를 받아 창작지원에 지원해 서울문화재단 창작지원으로 「별똥별 떨어지면 스마일」을 출간했다.

「별똥별 떨어지면 스마일」　　　　　　「달리다 쿰」

이 책은 일곱 편의 단편으로, 신춘문예 당선작인 〈별똥별 떨어지면 스마일〉을 필두로 나에게 처음으로 작가의 이름을 달아 준 『아동문학세상』 신인문학상 수상작인 〈나는 들바〉로 마치게 되는 단편집이다. 이 책은, 고래가 숨 쉬는 도서관 추천도서로 선정되고, 생각보다 반응이 좋아 감사했다. 현재 밀래의 서재에서 오디오 도서로 사용되고 있다.

단편집을 내면서 동시에, 몇 해 전 내게 조태봉 선생님께서 해 주신 말씀이 생각났다. 너의 이야기를 써 보면 어떻겠냐는 말씀이었는데, 나는 당시 선생님께도 말씀드렸지만, 나의 작품 세계가 한쪽으로 편중될까 봐 우려스러웠다. 장애인 작가라 장애에 관한 글만 쓴다는 편견으로 굳어질까 걱정되었고, 앞서 말했듯 내 이야기를 드러낸다는 것이 참 어렵고 부끄러웠다. 하지만 용기를 내어 써 보기로 했다.

「달리다 쿰」은 성서 속 달리다굼! 아람어로 '소녀여 일어나라'는 뜻에서 가져온 제목이다. 소녀여 일어나라는 뜻과 주인공 쿰이 희망을 안고 일어서 힘차게 달리는 중의적 의미로 아픈 영혼들에게 위로와 힘을 안겨 주고 싶었던 작품이다.

출간한 지 얼마 되지 않아 이 작품으로 어린이문화대상 신인상을 수상하게 되었다. 지난해 「햇살 왕자」로 아름다운 글 문학상에 이은 수상이라 어리둥절하기만 했다.

비록 대중적으로 알려진 큰 문학상은 아닐지 몰라도 한 단계

동화

나영 작가

어른이를 위한 동화쓰기

『하루예술』한 달 동화_어른을 위한 동화쓰기

한 단계 올라가고 있는 것 같아 감사하고 있다.

　사실, 어찌 보면 나는 내가 원하고 바라던 것들을 대부분 이루었다고 생각이 들었다. 그렇지만 크게 만족스럽지 않고, 아쉽고 부족하여 때론 힘이 빠질 때도 있지만, 주어진 것에 감사를 잊지 않으려고 한다.

　나는 지금, 꿈을 이룬 현재에도 실패와 좌절을 반복하며 살아가고 있다. 내가 만족 못하는 것이 너무 큰 욕심이 아닐까 싶지만, 그러면서도 더 해 나가고, 이루어 보고 싶은 것들이 내겐 여전히 많다.

　'나영 작가의 동화 세상은 끝이 없어 보였으면 좋겠다.

　깊은 바닷속처럼, 넓은 평야처럼, 드넓고 푸른 하늘처럼 끝없이 펼쳐지는 이야기가 계속 이어졌으면 좋겠다. 그래서 다양한 군상들과 소재의 이야기 속에서 많은 이들에게 사랑받는 동화를 쓰는 작가가 되고 싶다.'

이나영/필명 나영(Nah Young)

단국대학교 문예창작학과

한국아동청소년문학협회 운영이사(2021~현재)

2023 어린이문화대상 신인상
2022 제13회 아름다운 글 문학상
2010 서울신문 신춘문예 동화 부문 당선 〈별똥별 떨어지면 스마일〉
2008 『아동문학세상』 신인문학상 〈나는 들바〉

작품집
장편동화 「달리다 쿰」(2023)
         「푸른 눈의 세상」(2018)
         「햇살 왕자」(2015)
단편집   「별똥별 떨어지면 스마일」(2021)
그림동화 「나는 들바」(2008)
공저   「안녕, 상상 숲 오두막」(2022